愛讀書的人，
靈魂和容顏都會優雅起來

林語堂幽默文集

林語堂 著

沒有幽默滋潤的國民，其文化必日趨虛偽，
生活必日趨欺詐，思想必日趨迂腐，
文學必日趨乾枯，而人的心靈必日趨頑固。
——林語堂

「人生緣何不快樂，只因未讀林語堂。」
本書收集國學大師 36 篇精彩的幽默文章，
篇篇錦繡、字字珠璣，十分耐人尋味……

關於・林語堂

林語堂（一八九五年～一九七六年）中國現代作家、學者。福建龍溪（即漳州）人。用中文、英文寫過大量散文、小品和小說，還將許多中國古典作品譯成英文。因父親是基督教牧師，他從小學、中學到大學都接受教會學校教育。大學畢業後到清華大學任英文老師。一九一九年偕妻廖翠鳳赴美國留學，後又到德國。曾獲哈佛大學文學碩士，萊比錫大學語言博士學位。

一九二三～一九二六年任北京大學教授。在此期間參加文藝團體「語絲社」，寫過抨擊黑暗社會和北洋政府的文章，後編成《剪拂集》出版。一九二七年下半年到上海從事著述，並在中央研究院工作。

一九三二年創刊《論語》，提倡幽默。一九三四、一九三五年辦《人間世》、《宇宙風》雜誌，宣揚小品文要「語出性靈」、「常談瑣碎」。這些刊物在社會上有一定影響，但受到左翼作家的批評。魯迅就指出他提倡的幽默與閒適，常常「將屠戶的凶殘，使大家化為一笑」。

一九三六年移居紐約，從事著述。曾用英文出版《吾國與吾民》、《生活的藝術》、《中國與印度的哲學》等著作，在西方有相當影響。抗日戰爭期間，留居美國繼續著述。一九四七年在聯合國教科文組織工作，不久離職。

一九四〇年和一九五〇年曾兩度獲諾貝爾文學獎提名。

一九五八年由美回台灣講學。一九六六年曾為中央社特約專欄撰稿。同年六月自美返台灣定居。一九六七年任香港中文大學研究教授，主持辭典編譯工作，一九七二年完成《當代漢英辭典》。一九七五年任國際筆會副會長。一九七六年三月26日病逝於香港，同年四月移靈回台北，葬於陽明山仰德大道林語堂故居後園中。

幽默大師・林語堂

林語堂是我國現代著名的文學家，曾獲美國哈佛大學文學系文學碩士學位，德國萊比錫大學語言學博士學位，歷任清華大學、北京大學、廈門大學教授。

在中國現代文學史上，他與文壇巨匠魯迅齊名，與魯迅凌厲的文風不同，他倡導的文學風格與他的創作，都具有幽默的特點，被人們稱為「幽默大師」。

「houmor」這個詞，是由林語堂最先翻譯為「幽默」的。

一九二四年，他在《晨報》副刊發表《征譯散文並提倡「幽默」》，第一次將「houmor」翻譯成幽默。其實，在他之前早有很多人翻譯這個詞「houmor」了，著名學者王國維曾將它譯為「歐穆亞」，李青崖意譯為「語妙」，陳望道譯為「油滑」，易培基譯為「優罵」，唐桐侯譯為「諧稽」。「幽默」一詞出自《楚辭》，但早就失去了它「寂靜無聲」的本義，對比其他譯法，還是林語堂譯的最好，也最終流傳下來了。

在林語堂心中，他給幽默下的定義是：「幽默是一種人生的態度，一種應付人生的方法。幽默沒有旁的，只是智慧之刀的一晃。」

他還認為：「無論哪一國的文化、生活、文學、思想，都是用得著幽默的滋潤的。沒有幽默的國民，其文化必日趨虛偽，生活必日趨欺詐，思想必日趨迂腐，文學必日趨乾枯，而人的心靈必日趨頑固。」

自一九二四年首譯幽默以來，到一九七〇年在漢城的第三屆國際筆會上演講《論東西文化的幽默》，林語堂晚年還在《八十自敘》中不留餘力地提倡幽默，他確實在半個多世紀中與幽默結下了不解之緣，成為了一名幽默大師。

他與幽默結緣的一生，留下了幽默哲學給後人思考，很多人覺得他說的確實是大道理：「人生在世，還不是有時笑笑人家，有時給人家笑笑。」

《林語堂傳》中記載到，林語堂的幽默感大概來源於父親。林父是個牧師，一次下午布道，教堂裡的男人困得打瞌睡，女人則在聊天，無人聽講。林父在講壇上向前彎著身子說：「諸位姊妹如果說話的聲音不這麼大的話，這邊的弟兄們就可以睡得更安穩一點兒了。」

林語堂演講可以說是妙趣橫生。一次，他應邀參加台北一所學校的畢業典禮，

在他前面有不少人做演講，都講得十分冗長，輪到他演講時，已經十一點半了，學生們已經不太耐煩了。

林語堂走上講台，開口就說：「紳士的演講，應當像女孩子穿的迷你裙一樣，愈短愈好。」此言一出，全場哄堂大笑。而林語堂的這句幽默，已成為演講界知名度最高的名言。

還有一次，林語堂去一個非常有名的學校去做學問，結束討論之後這個學校的校長聽說林語堂非常擅長演講，就覺得不能浪費了這麼好的機會。於是，當著所有師生的面邀請林語堂為學生帶來一段演講。

當時的林語堂並沒有做任何準備，他不知道該說些什麼，靈機一動決定給學生們講一個故事——這個故事就是說有人在他還沒有任何準備的時候就讓他做演講，故事同時告訴了學生們要時刻準備著，要不懈努力的學習，自己所學的知識總有一天都會用到的，可能只一天來的比較晚但是只一天總會到來。

這段話，既表達了自己想要表達的意思又起到了幽默的作用，林語堂的幽默在生活中處處出彩。

但中國古代，一直沒有對幽默有個明確的說明，使一般人認為幽默是俏皮諷刺。即使說笑話，也必須關心時事、諷刺時政，才可以稱的上文章。

林語堂的幽默文學主張是與中國傳統文化一脈相承的。

老子是中國幽默始祖，幽默源於他的超脫。

孔子的幽默是和藹可親，聽天由命的幽默。

莊子有觀魚之樂、蝴蝶之夢也就夠幽默了。莊子的幽默是睿智和譏諷。

孟子最雄辯，其鋒芒中見冷雋的幽默。

東方朔、枚皋之流，是中國式滑稽始祖，又非幽默本色。

……

從老莊到明清諷刺小說再到林語堂，林語堂從創辦《論語》，提倡「幽默」；到續辦《人間世》，主張文章須發抒性靈，他一直肩負起了傳遞幽默文化的重任。

幽默在林語堂那裡是一種審美追求。「幽默是一種精神，你不能用手指出一本書或一篇文章中某幾行，說這就是幽默。幽默是指不出來但你可以體會得到的。」

蘇東坡的幽默感就讓林語堂非常佩服。他在《蘇東坡傳》的序言中寫道：

「這是一個無可救藥的樂天派、一個偉大的人道主義者、一個百姓的朋友、一個大文豪、大書法家、創新的畫家、造酒試驗家、一個工程師、一個憎恨清教徒主

義的人、一位瑜伽修行者、一位佛教徒、一位巨儒、一位政治家、一個皇帝的秘書、酒仙、厚道的法官、一位在政治上專唱反調的人。一個月夜徘徊者、一個詩人、一個小丑。但是這還不足以道出蘇東坡的全部，蘇東坡比中國其他的詩人更具有多面性天才的豐富感、變化感和幽默感，智能優異，心靈卻像天真的小孩——這種混合等於耶穌所謂蛇的智慧加上鴿子的溫文。」

與蘇東坡一樣，幽默是林語堂對抗無奈人生的方式。以這種帶有中國傳統色彩的「中庸、和諧」的幽默，是我們能求得思想解脫和心靈自由的途徑。

凡幽默者，大抵熱愛生活。

林語堂有幾個很著名的人生公式，提醒我們，幽默在人生中有多重要。

一、現實－夢想＝禽獸

二、現實＋夢想＝心痛（通常稱作理想主義）

三、現實＋幽默＝現實主義（也被稱作保守主義）

四、夢想－幽默＝盲目狂熱

五、夢想＋幽默＝美好幻想

六、現實＋夢想＋幽默＝睿智

在林語堂看來，真正的幽默，應該是一種智慧。正如前面的第六個公式：看清現實，心懷夢想，幽默面對，才是人生智慧。

智慧的最高類型，就在現實的支持下，用幽默感把人們的夢想調和起來。足見，幽默不僅是一種情趣，它亦是一種智慧，甚而可以升華為種人生態度。我們也能從林語堂的很多名言中，窺見「幽默」這種人生態度

（1）因為無能為力，所以順其自然。因為心無所恃，所以隨遇而安。別指望所有的人都能懂你，因為蘿蔔白菜，各有所愛。你做了蘿蔔，自然就做不成青菜。

（2）人生在世，還不是有時笑笑人家，有時給人家笑笑。

（3）我們對於人生可以抱著比較輕快隨便的態度：我們不是這個塵世的永久房客，而是過路的旅客。

（4）婚姻猶如一艘雕刻的船，看你怎樣去欣賞它，又怎樣去駕駛它。

（5）男人寧願要免費投入懷抱的女人，他們說這樣的女人才有高尚的道德。所有男人都喜歡美貌多情而又分文不取的女人。

（6）悠閒的生活始終需要一個怡靜的內心，樂天曠達的觀念和盡情欣賞大自然的胸懷。

另外，他還有些幾則有趣的逸聞——

（1）一九三三年12月8日，林語堂在上海某大學演講《關於讀書之意見》，他說：「人生在世，幼時認為什麼都不懂，大學時以為什麼都懂，畢業後才知道什麼都不懂，中年又以為什麼都懂，到晚年才覺悟一切都不懂。」

（2）林語堂將自己的傳記取名為《狂吠的專家》，不料被上海密勒氏評論報社的英文版《中國名人錄》作為林的身份編了進去。潘光旦說：「這編輯有改正的責任，否則嬉笑怒罵盡成文章，名人錄變做滑稽列傳了。」

（3）林語堂把在台北陽明山家中的書房，命名為「有不為齋」。他受儒家「有為」的思想影響，也欣賞道家的「無為」；生活態度是以「有為」為中心，但也往往有「不為」的事。

（4）林語堂曾為自己做了一副對聯：「兩腳踏東西文化，一心評宇宙文章。」他在台灣陽明山，自己設計房子，用幾根西方螺旋圓柱，頂著一彎迴廊，繞著的卻是一個東方式的天井。

（5）林語堂在美國從事寫作，有時發生難題，常常到哥倫比亞圖書館查找，但不便用自己名字，其女兒替他取了一個名「林語珠女士」。

（6）林語堂到美國後，原由他主編的《宇宙風》改由其弟林憾廬主編，不久林憾廬病死，林語堂沒趕回送葬，只是寄回兩篇文章，將其稿費充作葬儀。

（7）林語堂很珍視郁達夫的文才，當他以英文寫出《京華煙雲》後，曾認為唯有郁達夫是將這本書譯為中文的「最理想的人」。但郁達夫沒有翻譯，後來是由黃嘉音、黃嘉德合譯。

（8）《人世間》停刊，林語堂又創辦雜誌《西北風》。他說，用西北風並無什麼深意，淺一些說，我們認為西北風的尖銳，能使人興奮；不若東南風，使人感到軟綿綿的。

（9）林語堂在一次演講中談到讀書，說學校專讀教科書，而教科書並不是真正的書。讀一部小說概論，不如讀《三國》、《水滸》；讀一部歷史教科書，不如讀《史記》。

（10）林語堂在尋源書院、聖約翰大學讀書時，均以第二名的成績畢業。他的理由是：不論做什麼事，一生都不願居第一。

（11）林語堂應美國米高梅電影公司約，將舊小說《四傑傳》中的故事「唐伯虎點秋香」作為題材，改編成電影劇本。為契合西方習慣，把「唐伯虎」更名為

「唐伯納」，並把它作為劇名。

（12）林語堂將《浮生六記》譯為英文，內稱沈三白曾向洋人借高利貸。此「洋人」，原作中為「西人」，指山西人。

總之，作為一代大師級的人物，林語堂一生豁達奔放，他的文筆流暢半雅半俗，亦莊亦諧，以一種超脫、悠閒的心境來旁觀世情，幽默而不荒唐，自有其個人特色的旨在與意趣，這種獨特的文藝風格也會令人讀之忘憂也。林語堂也自詡：「西洋人的頭腦，中國人的心靈。」——世人對他的評價多為正面與肯定的。

目錄

CONTENTS

I・給玄同①先生的信

玄同先生：

我剛剛讀過你的寫在《半農給啟明②的信底後面》一大著，使素非「激昂慷慨」的我，也要跟人家「瞪眼跳腳拍桌子」，忍不住也來插說幾句，也借此可以聊補我對於《語絲》逃懶足足兩個整月之過。近來正想做一點文章，適來了先生瀟灑幽默之大文，再好的題目沒有了。

未入正題，先說一句閒話：半農先生的信裡頭有一句恭維先生的話而為先生所璧還者（我是先讀先生之「璧還」然後讀半農先生之原璧）。半農想念啟明先生之

①玄同，錢玄同（一八八七～一九三九），文學理論家，著名文字音韻學家，教授。

②啟明，周作人，現代散文家。半農：劉半農，現代文學家，語言學家。

溫文爾雅，先生之激昂慷慨，尹默③先生之大棉鞋與厚眼鏡……此考語甚好，先生何必反對？但是我覺得這正合拿來評近出之三種週刊：溫文爾雅，《語絲》也（此似乎於自誇，姑置之）；激昂慷慨，《猛進》也；穿棉大鞋與帶厚眼鏡者，《現代評論》也（《現代評論》的朋友們不必固謙，因為穿大棉鞋與帶厚眼鏡者學者之象徵也；《現代評論》固冠冕堂皇威儀棣棣的學者無疑，且不失其「ㄓㄣㄊㄌㄇㄣ」身分者也）。固然，激昂慷慨不必限於《猛進》，溫文爾雅不必限於《語絲》。此亦猶厚眼鏡（學者之象徵）不必為尹默先生所獨有，而可于玄同身上求之耳。

閒話少說，言歸正傳。先生的「歐化的中國」論及「各人自己努力去變象」的話，說的痛快淋漓，用不著弟來贊一詞。此乃弟近日主張，且視為惟一的救國辦法，明白淺顯，光明正大，童稚可曉，絕不容疑惑者也。故不妨借題發揮來多說幾句。弟近有「孫中山非中國人」（即思想歐化精神歐化習慣歐化的中國人）之論，其見地主張，完全與先生所持一致。弟本來以為民國通共有一位偉人，近日細想，此一偉人乃三分中國人，七分洋鬼子（此乃痛心話，若有人以為兜玩笑的話，也只

③尹默：沈尹默，現代詩人，著名書法家。

好由他去罷），然則欲再造將來的偉人，亦惟在再造七成或十足的洋鬼子而已，此理之最明者也。半農先生在巴黎想起青雲閣琉璃廠來，因而有「中國國民內太多外國人」的謬論（只可當他為謬論），謂「在國外鬼混了五年，所得到的也只是這一句話」。此乃半農在外留學五年所致。若是僅留學一年半載，或回國天天看國內日報張三打李四，王五請趙六喝白乾的新聞，只會感覺到國內外國人太少，不會有外國人太多之嘆。即以弟個人而言，今日之主張，亦系回國後天天看報之結果，此弟一年來思想之變遷也。

今日談國事所最令人作嘔者——即無人肯承認今日中國人是根本敗類的民族，無人肯承認吾民族精神有根本改造之必要——近日孫先生之死，雖有了不少的名士照例來奉揚，助祭，做挽聯，察其語調，一若甚舒服自在者然，而真實為國悲感者絕少，一若高調一唱，將來中國定然有望。惟其不肯承認今日中國人是根本敗類，奴氣十足，故尚喜歡唱高調，尚相信高調之效力（廢督裁兵咯，國民會議咯，護憲咯，拒賄咯……等等花樣甚多），故此「高調終為高調」而不能成為事實。惟其不肯承認今日中國人是根本敗類，故尚有敗類的高調盈盈吾耳（如先生所舉「趕走直腳鬼」，「愛國」及「國民文學」三種，及什麼「國故」「國粹」「復辟」都是一類的東西），尚沒人敢毅然贊成一個歐化的中國及歐化的中國人，尚沒人覺得歐化中國人之可貴。此中國人為敗類一條不承認，則精神復興無從說起。

誠然今日最重要的工作在於「針砭民族卑怯的癱瘓，消除民族淫猥的淋毒，切開民族昏憒的癰疽，閹割民族自大的風狂」（啟明先生的話）。然弟意既要針砭，消除，切開，閹割，何不爽爽快快行對症之針砭術，給以根治之消除劑，施以一刀兩斷猛痛之切開，治以永除後患劇烈的閹割。今日中國政象之混亂，全在我老大帝國國民癖氣太重所致，若惰性，若奴氣，若敷衍，若安命，若中庸，若識時務，若無理想，若無熱狂，皆是老大帝國國民癖氣，而弟之所以信今日中國人為敗類也。欲一拔此頹喪不振之氣，欲對此下一對症之針砭，則弟以為惟有爽爽快快講歐化之一法而已。

固然以精神復興解做「復興古人之精神」，亦是一法。然弟有兩個反對理由。第一，此種扭扭捏捏三心兩意的辦法，終覺得必無成效。且若我們願意退讓以求博一般社會之歡心，則退讓將無已時，而中國之病本非退讓所能根治者也。治此中庸之病，惟有用不中庸之方法而後可耳。（試以日本維新時代態度與中國革命後態度比較一下此點便明。）第二，「古人之精神」，未知為何物，在弟尚是茫茫渺渺，

到底有無復興之價值，尚在不可知之數。就使有之，也極難捉摸，不如講西歐精神之明白易見也。或者唐宋中國人不如兩漢中國人，兩漢中國人不如周末中國人也不一定，如是則古人之精神或有可複者，故周末尚可出一個孟軻講「善養吾浩然之氣」，及墨翟之講兼愛，此乃其時精神未死之證。

即如孔子，也非十分呆板無聊，觀其替當時青年選必讀詩三百篇，《陳風》《鄭風》選得最多，便可為證。（說到這個，恐話太長，姑置之。惟我覺得孔子，由活活潑潑的世故先生老練官僚變為考古家，由考古家變為聖人，都是漢朝經師之過。今日吾輩之職務，乃還孔子之真面目，讓孔子做人而已。使孔子重生於今日，當由大理院起訴，叫毛鄭賠償名譽之損失。）

總而言之，就使古人有比較奮勇活潑之氣，然既一厄於儒墨之爭，再厄于漢時十四博士之經學，三厄于宋明人之理學（《大學》《中庸》是宋人始列入四書是中國人之成敗類自宋朝始之證），古人之精神已一無複存，此種之精神復興恐怕不大容易講吧，除非有一位費希特來重新替我們講給我們聽古人是如何精神法子。弟史識淺陋，未知吾兄有以教我乎？

野馬跑得太遠了，趕快收束吧。總而言之，我近來每覺得精神復興之必要，因為無論國事或教育，所感覺進步最大的魔障，乃吾人一種頹喪習氣之空氣，在此空氣內，一切維新都可變出唱戲式的笑話。

三十年前中國人始承認有科學輸入之必要，二十年前始承認政治政體有歐化之必要，十年前始承認文學思想有歐化之必要。精神之歐化，乃最難辦到的一步，且必為「愛國」者所詆誣反對：然非此一步辦到，昏憒卑怯之民族仍是昏憒卑怯之民族而已。

弟嘗思精神復興條件適足以針砭吾民族昏憒，卑怯，頹喪，傲惰之癱瘓者六，書于左方以待參考，不復多贅（這也可謂不識時務之我的一點鄙見，一笑）：

1、非中庸（即反對「永不生氣」也）。

2、非樂天知命（即反對「讓你吃主義」也，他咬我口，我必還敬他一口）。

3、不讓主義（此與上實同。中國人毛病在於什麼都讓，只要不讓，只要能夠覺得忍不了，禁不住，不必討論方法而方法自來。法蘭西之革命未嘗有何方法，直感覺忍不住，各人拿刀棍鋤耙沖打而去而已，未嘗屯兵秣馬以為之也）。

4、不悲觀。

5、不怕洋習氣。求仙，學佛，靜坐，扶乩，拜菩薩，拜孔丘之國粹當然非吾所應有，然磕頭，打千，除眼鏡，送訃聞，亦當在屏棄之列。最好還是大家穿孫中山式之洋服。

6、必談政治。所謂政治者，非王五趙六忽而喝白乾忽而揪辮子之政治，乃真正政治也。新月社的同人發起此社時有一條規則，請在社裡什麼都可來（剃頭，洗浴，喝啤酒），只不許打牌與談政治，此亦一怪現象也。

玄同先生！因為你的一篇大文，使我謅了一大堆的廢話，未知有當否，然這回我對於《語絲》的義務可盡了。順頌「歐」安，並問「化」祺，不宣。

一九二五，四，七，弟語堂。

（選自一九二五年四月二十日《語絲》二十三期）

2．論語絲文體

豈明先生在《答伏園④論「語絲的文體」》一文中說起《語絲》的緣起，並把《語絲》的特色精神表白的剴切詳盡，使一班讀者借此可以明白《語絲》的性質，並且使《語絲》自己的朋友也自己知道《語絲》之所以為貴。這雖然有點似乎自誇，但是總比以何種目標，何種「使命」自豪的機關報勝一籌，因為《語絲》始終就沒有什麼「使命」。《語絲》只是（如豈明先生所說）「我們這一班不倫不類的人借此發表不倫不類的文章與思想的東西。」

所以，有時忽而談《生活之藝術》，有時忽而談「女子心理」，忽又談到孫中山主義，忽又談到鬍鬚與牙齒，各人要說什麼便說什麼。但是他的寶貴就在這一點。「辦一個小小周刊，不用別人的錢，不說別人的話」，要表白得比豈明的話更

④伏園：即孫伏園（一八九四～一九六六）。著名學者、作家、散文家。

確當實在不容易，除非我還可以補一句，就是「甚至於不用自己的錢」，這一點並不十分容易，若是合以上二條觀之。但是那篇裡頭還有幾句話很可以值得注意，很有意味的——「大家要說什麼都是隨意，唯一的條件是大膽與誠意，或如洋紳士所高唱的所謂『費厄潑賴』（編按・fair play原為體育比賽和其他競技的使用術語，意思是說：要光明磊落的比賽，不能用不正當的手段）」。這句話引起我一些意思，不妨來插說幾句，或者也不僅以關於《語絲》的文體為限。

一

「不說別人的話」即有「誠意」，這一樣就不容易，我想凡能與此條件相符的，有真正誠意的人，他的言論都是有益於世，即使其人的思想十分的「輯彈」，我個人還是相信其有益。也許有人以為若江亢虎、章士釗⑤一流人如此其「輯」如

⑤江亢虎：中國社會黨創始人，曾在汪偽政權任考試院副院長職，被國民政府以漢奸罪判無期徒刑。章士釗：民初學者、政論家（一八八一～一九七三）一九二四年任北洋軍閥政府司法總長兼教育總長。一九二五年，由他主辦的《甲寅》雜誌以週報的形式在北京復刊，該雜誌站在封建復古主義立場，成為新文化運動的對立面。

此其「彈」蔑以加矣的復辟崇孔一類的思想，即使加以「誠意」條件，難道還是有益嗎？但是一細想，這問題又未免太理想了。章士釗，江亢虎之流根本就沒有所謂思想，更提不到思想之誠意不誠意。昨天在英文《導報》發見江亢虎對西洋紳士講《書經》，初看時未免驚異，但是以為學術原與政見無關，江參政于復辟之餘未嘗不可以隨便講學，後來一拜讀，什麼二帝三王之德政咯，堯舜政治為世界最古之民主政治咯，《書經》的文是最好的文範咯，「文明」，即「文學之明」咯，「文以載道」咯都來了，甚至於今古文篇數且分不清楚，於是乃恍然大悟政治思想不清的人要叫他於學術有清晰的思想「壓根幾」（借用玄同語）就沒有這回事。

思想不清的人，根本就沒有自己的思想，自然沒有所謂「誠意」，自然不會「不說別人的話」。至於思想本非不清的人，卻仍舊可以乏誠意，這是我們所謂「文妖」。近來觀察一些名流的議論，有文存的及無文存的，使我漸漸越發相信吳稚暉⑥的《野蠻文學論》。儘管你的筆墨如何高明，儘管你的文存文集如何風行一

⑥吳稚暉：開國元老（一八六五～一九五三），原是清末舉人，曾先後留學日本、英國。一九〇五年參加同盟會，自稱無政府主義者，是民主革命中的右翼。

時，儘管你什麼主義唱的高入雲際，一察其人的行徑，又是其文足道，其人不足觀（慚愧的很，我就是曾經佩服過《甲寅》文字的一個人）這就是其文章未嘗包藏著誠意的思想——此非野蠻文學而何？何況徒以文字行一時者豈獨《甲寅》一家而已！

二

野蠻文學而外，還有一種思想的蟊賊根本不能「不說別人的話」的，就是一種自號為中和穩健，主持公論的報紙。世界上本沒有「公論」這樣東西，凡是誠意的思想，只要是自己的，都是偏論，「偏見」。若怕講偏見的人，我們可以決定那人的思想沒有可研究的價值；沒有「偏見」的人也就根本沒有同我們談話的資格。

因為他所談的「公論」都是一種他人的議論調和而成的，「甲方固然有幾分是處，乙方又何嘗絕無理由。」其實這種人又何必出來說話，除非以為既身居於文人學子之列不能不照例出來說幾句，完全為面子關係，所謂「中和」者以此，所謂「穩健」者亦以此，並沒有什麼稀奇。

我們每每看這種人及這種報的自號中和，實益以見其肉麻，惟有加以思想之蟊賊的尊號，處之與「耗子，癆蟲，鱷魚」同列而已。因為我們寧願看張勳的復辟，而不願看段祺瑞之誓師馬廠，寧願見金梁的陰謀奏摺，而不願聞江亢虎的社會主義宣傳，寧願與安福系空拳奮鬥而不願打研究系的嘴巴，於政治如此，於思想界亦如此。

因為最可怕的就是這種穩健派的議論，他們自身既無貫徹誠意的主張，又能觀望形勢與世推移，在兩方面主張之中謀保其獨立的存在，「年年姐姐十八歲」其實只是思想之蟊賊而已。因為虎狼猛獸我們可以撲滅，蟊賊，狐狸，耗子，癆蟲我們卻是無法提防。所以張勳可以一蹶不振，段祺瑞卻反要變為民國功人，安福派可一攻則破，而研究系卻仍舊可以把握政權。我們聽張勳的大談復辟尚覺得其有些人氣，若說段祺瑞張起捧張馮起捧馮，忽而命孫督蘇忽而命郭督奉的執政府，實在無聊已極無話可說，簡直與蘇揚妓女的倚門賣笑伎倆無異，分不出誰是娼婦、誰是政府。其實政界如此，言論界亦如此，野雞生涯實不限於野雞也。我們聽折中穩健派的談復古，還不覺得怎麼樣，因為他們本不足惜，若是聽他們也來講革命二字卻免不了要不勝肉麻之至。

三

以上因為談「偏見」之重要，及人之不可無偏見夾敘些不相干的話，實則因為要有強毅貫徹偏見的人並非易易，但是同時我們要承認──惟有偏見乃是我們個人所有的思想，別的都是一些販賣，借光，挪用的東西──凡人只要能把自己的偏見充分的誠意的表示都是有價值，且其價值必遠在以調和折中為能事的報紙之上。

所以，我主張《語絲》絕對不要來做「主持公論」這種無聊的事體，《語絲》的朋友只好用此做充分表示其「私論」「私見」的機關。這是第一點。第二，我們絕對要打破「學者尊嚴」的臉孔，因為我們相信真理是第一，學者尊嚴不尊嚴是不相干的事。即以罵人一端而論，只要講題目對象有沒有該罵的性質，不必問罵者尊嚴不尊嚴，等要派代表赴賽會時再挑一位尊嚴學者不遲。數月前曾經拜讀某名流批評近來論壇的膚淺鄙薄或者就是指沒有學者態度而言。個人覺得學者態度與「絕不生氣」的中庸主義是分不清楚的。

Taine 曾經問得好，倘是我們發見吾儕同類中有一條「鱷魚」（此乃 Taine 的「鱷魚」，廣義的，非吳稚暉的「鱷魚」，狹義的）歷史家的責任是不是要單取學者科學的態度來充分描寫頌揚他，還是要不要下一個評判，要不要罵他？個人以為罵人不罵人全在其人（一）有沒有感覺非罵不可的神感，（二）敢不敢罵。

因為大家公認，罵本有相當的用處，世界絕沒有人不承認奸臣是該罵的，或者不承認背義棄信的朋友，不貞之婦，不孝之子是該罵的，但是我們覺得罵不貞操的思想家似乎比罵不貞操的婦女更加重要。所以，唯一的問題是該罵之範圍與定義而已，有人覺得段祺端、章士釗該罵，有的便覺得他們情有可原。此見仁見智，本不能相迫。若以為章士釗很好，段祺瑞很好，也就讓他很好。大概所以不罵的人，原因都是因為它們覺得樣樣都很好很滿意的。我前曾經同一位留學生談話，那時在曹錕時代，因順便講到我們還得革命一次，忽然把他嚇得非同小可，這回同他又談到段祺瑞，說起一些不敬的話，也弄得他不大肯回答我。

所以，罵與不罵全在其人，愈有銳敏的思想的人，他以為該罵的對象愈多，有感到罵人的神感的人，自然也同時感到罵人的神聖。自有史以來，有重要影響於思想界的人都有罵人的本能及感覺其神聖，當耶穌大鬧耶路撒冷聖殿怒鞭兌換商時，簡直與魯智深大鬧瓦官寺一樣，並沒有什麼學者態度可言。所以尼采⑦不得不罵現

⑦尼采：德國哲學家（一八四四～一九〇〇）。唯意志論和「超人哲學」的鼓吹者。

代歐人，蕭伯訥⑧不得不罵英人，魯迅不得不罵東方文明，這都是因為其感覺之銳敏迥異常人所致，所以罵人之重要及難能可貴也就不用說了，若有人以為吳稚暉、罵章士釗便是失了學者尊嚴，吳稚暉只能回答：誰要你的野蠻學者的尊嚴！

這也可與以上所說偏見之重要的話聯合起來，凡有獨立思想，有誠意私見的人都免不了多少要涉及罵人。若讀過 H.G. Wells, Shaw, Mark Twain 罵人的文章也就知道罵人之難能可貴，他們那種怒氣做來的文章，讀起來真可使我們生起勇氣，並不像學者所做無人氣的文章一樣。

所以我說，罵人本無妨，只要罵的妙。何況以功能言之，有藝術的罵比無生氣的批評效力大得多。即以文學革命而言，雖然是胡適之⑨平心靜氣理論之功，也未始非陳獨秀「四十二生的大炮」及錢玄同謾罵「選學妖孽與桐城謬種」以與十八妖魔宣戰之力。由是觀之，罵人之不可以已明矣。

---

⑧ 蕭伯訥：英國劇作家、批評家（一八五六～一九五〇）擅長黑色幽默。

⑨ 胡適之，即胡適（一八九一～一九六二）中研院院長、著名自由主義學者。其《文學改良芻議》與陳獨秀的《文學革命論》是文學革命興起的標誌。

四

所以說，第一是沒有感覺罵人之必要，第二是不敢罵人，這兩種是不罵人之真因，與學者態度無涉，除非學者都是一些甄無畏、蔣士都（編按・真無味，僵屍的）先生，所以要罵不罵似在於人，只要罵的有藝術，此外於《語絲》並不應有何條件限制。再有一件就是豈明所謂「費厄潑賴」。此種「費厄潑賴」精神在中國最不易得，我們也只好努力鼓勵，中國「潑賴」的精神就很少，更談不到「費厄」惟有時所謂不肯「下井投石」即帶有此義。罵人的人卻不可沒有這一樣的條件，能罵人，也須能挨罵。且對於失敗者不應再施攻擊，因為我們所攻擊的在於思想非在人。以今日之段祺瑞、章士釗為例，我們便不應再攻擊其個人。即使儀哥兒，我們一聞他有了癆病，倘有《語絲》的朋友要寫一封公開的信慰問他，我也是很贊成的。大概中國人的「忠厚」就略有費厄潑賴之意，惟費厄潑賴決不能以「忠厚」二字了結他。此種健全的作戰精神，是「人」應有的，大概是健全民族的一種天然現象。不可不積極提倡。

一九二五，十二，八。

3．祝土匪

莽原社諸朋友來要稿，論理莽原社諸先生既非正人君子又不是當代名流，當然有與我合作之可能，所以也就慨然允了他們。寫幾字湊數，補白。

然而又實在沒有工夫，文士們（假如我們也可冒充文士）欠稿債，就同窮教員欠房租一樣，期一到就焦急。所以沒工夫也得擠，所要者擠出來的是我們自己的東西，不是挪用，借光，販賣的貨物，便不至於成文妖。

於短短的時間，要做長長的文章，在文思遲滯的我是不行的。無已，姑就我要說的話有條理的或無條理的說出來。

近來，我對於言論界的職任及性質漸漸清楚。也許我一時所見是錯誤的，然而我實在還未老，不必裝起老成的架子，將來升官或入研究系時，再來更正我的主張不遲。

言論界，依中國今日此刻此地情形，非有些土匪傻子來說話不可。這也是祝《莽原》、恭維《莽原》的話，因為《莽原》即非太平世界，《莽原》之主稿諸位先生當然很願意揭竿作亂，以土匪自居。至少總不願意以「紳士」「學者」自居，因為學者所記得的是他的臉孔，而我們似乎沒有時間顧到這一層。

現在的學者最要緊的就是他們的臉孔，倘是他們自三層樓滾到樓底下，翻起來時，頭一樣想到是拿起手鏡照一照看他的假鬍鬚還在乎？金牙齒沒掉麼？雪花膏未塗污乎？至於骨頭折斷與否，似在其次。

學者只知道尊嚴，因為要尊嚴，所以有時骨頭不能不折斷，而不自知，且自告人曰，我固完膚也，嗚呼學者！嗚呼所謂學者！

因為真理有時要與學者的臉孔衝突，不敢為真理而忘記其臉孔者則終必為臉孔而忘記真理，於是乎學者之骨頭折斷矣。骨頭既斷，無以自立，於是「架子」，木腳，木腿來了。就是一副銀腿銀腳也要覺得討厭，何況還是木頭做的呢？

托爾斯泰曾經說過極好的話，論真理與上帝孰重。他說以上帝為重於真理者，繼必以教會為重於上帝，其結果必以其特別教門為重於教會，而終必以自身為重於其特別教門。

就是學者斤斤於其所謂學者態度，所以失其所謂學者，而去真理一萬八千里之遙。說不定將來學者反得讓我們土匪做。

學者雖講道德，士風，而每每說到自己臉孔上去；所以道德，士風將來也非由土匪來講不可。

一人不敢說我們要說的話，不敢維持我們良心上要維持的主張，這邊告訴人家我是學者，那邊告訴人家我是學者，自己無貫徹強毅主張，倚門賣笑，雙方討好，不必說真理招呼不來，真理有知，亦早已因一見學者臉孔而退避三舍矣。

惟有土匪，既沒有臉孔（編按：指面子）可講，所以比較可以少作揖讓，少對大人物叩頭。他們既沒有金牙齒，又沒有假鬍鬚，所以自三層樓上滾下來，比較少顧慮，完膚或者未必完膚，但是骨頭可以不折，而且手足嘴臉，就使受傷，好起來時，還是真皮真肉。

真理是妒忌的女神，歸奉她的人就不能不守獨身主義，學者卻家裡還有許多老婆，姨太太，上炕老媽，通房丫頭。然而真理並非靠學者供養的，雖然是妒忌，卻不肯說話，所以學者所真怕的還是家裡老婆，不是真理。

惟其有許多要說的話學者不敢說，惟其有許多良心上應維持的主張學者不敢維持，所以今日的言論界還得有土匪傻子來說話。土匪傻子是顧不到臉孔的，並且也不想將真理販賣給大人物。

土匪傻子可以自慰的地方就是有史以來大思想家都被當代學者稱為「土匪」「傻子」過。並且他們的仇敵也都是當代的學者，紳士，君子，士大夫……自有史以來，學者，紳士，君子，士大夫都是中和穩健；他們的家裡老婆不一，但是他們的一副麵團團的尊容，則無古今中外東西南北皆同。

然而土匪有時也想做學者，等到當代學者夭滅殤亡之時。到那時候，卻要請真理出來登極。但是我們沒有這種狂想，這個時候還遠著呢，我們生於草莽、死於草莽，遙遙在野外莽原，為真理喝彩，祝真理萬歲，於願足矣。

只不要投降！

（選自一九二六年一月十日《莽原》半月刊一期）

4・打狗釋疑

兆麟先生：

狗之該打，世人皆同意。弟前說勿打落水狗的話，後來又畫魯迅先生打落水狗圖，致使我一位朋友很不願意。現在隔彼時已是兩三個月了，而事實之經過，使我益發信仰魯迅先生「凡是狗必先打落水裡而又從而打之」之話。

所謂「討狗檄文」，「對狗宣戰」，其實不算一回事。中國人酷愛和平，所以一聽宣戰就怕，而中國之不長進亦系坐此酷愛和平之故。無論何事都是猶豫兩可，都是「至於政治問題，靜候國人公決，鄙人絕不過問」的取巧辦法。不過等到自己上臺時又是「當此國事飄搖之期，惟有仍本匹夫有責之義」的十分負責。在公私利害衝突時誰也不肯得罪誰，於是乃演成今日永遠愛和平而永遠不能和平之現象，三進兩退，年年姐姐十八歲，永無個了結。所以今日的希望，只要大家不怕戰，有個

《猛進》週刊，更應有個《猛退》週刊，雙方對擊，才能擊出一個進步來。歷史上的進步都是由異力相沖來的，是曲折的，不是直行的。果然有人開倒車，就應拚命開倒車，若法國的保皇黨固亦旗幟鮮明一個保皇黨，中國的開倒車者，開後三步，一見笑於人，心氣已餒，即時開過來同你敷衍，所以將來死，亡，滅族也就死亡，滅族在這灰色的敷衍及怕戰上面。

在西洋國度，政治思想混亂時期，對方在報上互相攻擊，絕對不算一回事。法人所謂 le bon combat，英人亦有 fight a good fight 之語，對於打架並不一定認為不吉祥之事。「戰鬥性」本為人類應有的，中國人之不好戰則個人意見以為在於受文明太久時間的關係，春秋戰國初秦時國民性未必懦弱至此，觀荊軻聶政張良伍子胥之事可知。西人去封建制度時期未遠，於此最多不過三四世紀，這已是我們的明末了，他們才脫出封建制度，所以戰鬥之本能（pugnacious instinct）尚十分顯現。美人電影多有混揪混打之段，即迎合美國普通社會心理。中國人若沒法子，還是多看這種片子吧！前美國社會學名教授 Ross 來華十月著「變化的中國」一書，裡頭就提到在中國街上很少看見小孩打架與美國不同。到過外國的人都能夠證明洛斯所言之不謬。

總而言之，今日報上的一點點辯論，不但不足悲，而且是可喜的現象。若使魯迅，豈明，馮文炳⑩，董秋芳，等等素來講話的人沉默下去，那才是值得「天鵝絨」的悲哀，大家愛和平，反沒有和平。若慘案後教育界之沉默使我想起來，實要毛骨悚然。因為愛和平，才有這種慘案的發生。就使再屠殺四十八個學生，教育界的反響——也不過如此！為什麼不再屠殺？

魯迅先生已經說了，將來亡國也就亡在沉默中。「沉默呵，沉默，不在沉默中爆發，就在沉默中滅亡」（《語絲》七十四期）。

無論哪一國，政府中人大都是壞的，所以要政府好，惟在有強有力的民意監視。這回民意的監視如何呢？全中國養成這百分之一的讀書識字的知識階級可以代表民意。但是讀書識字便好了嗎？看看我們的知識階級亨不亨？我初到國務院看屠屍橫列時第一感想就是軍人太無知識，所以最要緊還是提倡無論那一種拼音文字。但是細想呢，這是教育問題嗎，讀書識字問題嗎？主使屠殺的人，都不是曾留過學的嗎？不識字？這不是教育問題，簡直是中國人要好不要好的問題，是要不要做人

⑩ 馮文炳：湖北黃梅人（一九〇一～一九六七）筆名「廢名」，現代小說家。

的問題。

總之，生活就是奮鬥，靜默決不是好現象，和平更應受我們的咒詛。倘是大家不能肉搏擊鬥，至少亦得能毀咒惡罵，不能毀咒惡罵，至少亦須能痛心疾首的憎惡仇恨，若並一點恨心都沒有，也可以不做人了。這種東西，吾無以名之，惟稱他為帝國主義者心目中的「頂呱呱的殖民地的好百姓」。

前清故舊大臣曾稱我們為「猛獸」。我們配嗎？

剛才因為我家裡小姐聽見鄰家耍猴兒，叫我也叫他來院子裡耍一耍。不打算一跨進門不見猴先見叭兒狗，委實覺得好笑。想打他又像無冤無仇的。後來看他走圈兒，往東往西，都聽主人號令，十分聰明，倒也覺得有幾分可愛。狗之危險，就在這一點，而且委實有點像貓，難怪魯迅要惡他甚於蛇蠍。這總算是我對叭兒狗見識的長進吧。並此奉聞。

一九二六，四，十七。

5．阿芳

我家裡有個童僕，我們姑且叫他阿芳，因為阿芳不是他的名字。他是一位絕頂聰明的小孩子。由某兌換鋪雇來時，阿芳年僅十五，最多十六歲。現在大約十八歲了，喉管已經增長，說話聽來已略如小雄雞喔喔啼的聲調了。但是骨子裡還是一身小孩脾氣，加上他的絕頂聰明，罵既不聽，逐又不忍，鬧得我們一家的規矩都沒有，主人的身分也不易支撐了。

阿芳的聰明乖巧，確乎超人一等，能為人所不能，有許多事的確非他不可，但是做起事來，又像詩人賦詩，全憑雅興。論其混亂，倉皇，健忘，顛倒，世上罕有其匹。大約一星期間，阿芳打破的杯盤，總夠其餘傭人打破半年的全額。然而他心地又是萬分光明，你責備他，他只低頭思過。而且在廚房裡，他也是可以稱雄稱帝，不覺中幾位長輩的傭人，也都屈服他的天才。也許是因為大家感覺他天分之高，遠在一班傭人之上。你只消聽他半夜在電話上罵誤打電號的口氣，便知道他生成是一副少爺的身分。

我得預先解釋，我何以肯放阿芳在我們家裡造反，在其他傭人所不敢為的事他居然可以為之而不受責斥。在阿芳未來的時候，修理電鈴，接保險線，懸掛鏡框，補抽水馬桶的浮球，這些雜差，都是輪到我身上的。

現在一切有阿芳可以代拆代行了，我可以安然讀伯拉圖⑪的《共和國》不會奉旨釋卷去修理自來水馬桶，或是文章做得高興，不致於有人從廚房裡喊著：「喂！水管漏了。」單單這一層的使我放心，已經足以抵補我受阿芳的損失而有餘了。他有特賦的天才，多能鄙事，什麼傢俱壞了，會自出心裁，一補一塞，一拉一敲，登時可以使用起來；閒時也會在花園中同小孩講其《火燒紅蓮寺》的故事，到底不知道是講得小孩有趣，還是聽得小孩有趣。尤其是有一件事，使我佩服。

自從到我家之後，他早已看準了我的英文打字機。每晨我在床上，他總在書房裡打掃兩個鐘頭，其實正在玩弄那一副打字機。這大概是他生平看到的第一架，已

⑪柏拉圖：古希臘哲學家（前四二九～前三四七年）。

把他迷住了。在這個時候，書房中每有一種神秘的聲音傳出來。有一天，打字機平空壞了。我花了兩小時修理不好。我罵他不該玩弄這個機器。那天下午，我出去散步回來，阿芳對我說：「先生，機器修理好了。」從此以後，我只好認他為一位聰明而無愧色的同胞了。

還有許多方面，確乎非有阿芳莫辦。他能在電話上用英語，國語，上海話，安徽話，廈門話罵人。（外人學廈門話非天才不可，平常人總是退避三舍。）而且他那裡學來一口漂亮的英語，這只是賦與天才的上帝知道罷。只消教他一次便會。他說 Waiterminit 而不像普通大學生說 Wait-a-meenyoot。我勸他晚上去念英文夜校，並願替他出三分之二的學費，但是他不肯去。像一切的天才，他生性就恨學堂。

這大概可以解釋阿芳可以在家裡造反的理由。但是叫阿芳做事，又是另一回事了。比方叫他去買一盒洋火，一去就是兩個鐘頭，回來帶了一雙新布鞋及一隻送給小孩的蝗蟲，但是沒有洋火。幸而他天真未失，還不懂得人世工作與遊戲的分別。一收拾臥房，就是三小時，因為至少一小時須餵籠鳥，或者在廚房裡同新老媽打諢說笑。

「阿芳你今年十八歲了，做事也得正經一點。」我的太太說。但是有什麼用？

還要看他摔破杯盤，把洋刀在洋爐烤焦了（洋刀洗好在洋爐裡烤易乾，是他天才的發明），穢箕放在飯臺上，掃帚留在衣櫃中，而本人在花園裡替小孩捉蝗蟲。現在我的茶碗沒有一副全的了。到了他預備早餐時，廚房裡又是如何一陣陣「兵——兵——旁」的聲音，因為他相信做事要敏捷。早餐本來是廚子的事，但是不知如何，已變成阿芳的專利。大概因為阿芳喜歡炒雞子，燒飯的老媽又是女人，只好聽他吩咐。因為阿芳是看不起女人的。

三星期前，我們雇了一個新來洗衣的老媽，從此廚房裡又翻一新花樣了。這個老媽並不老，只二十一歲，阿芳你記得是十八。從此廚房重地又變成嘻笑謔浪的舞臺了。工作更加廢弛，笑聲日日增高。打掃房間已由二小時增到三小時，阿芳連我每日應刷的皮鞋都健忘了。我教訓他一次，兩次，三次，都沒結果，最後無法，我便下嚴重的警告：如果明天六時半皮鞋不給我擦亮，放好在臥房前，定然把他辭退。這一天我板起面孔，不同他說話，我下了決心非整飭紀綱不可。我必須維持主子的身分。那天晚上，我召集全家傭人，重申警告，大家都有懼色，尤其是燒飯及洗衣的老媽。我安然就寢，決定家中的紀綱已經恢復了。

第二天早晨，我六時醒來，靜聽房外的聲音。六時二十分，洗衣服的青年老媽

把我的皮鞋放在門前。我覺得不平。

「我是叫阿芳帶來的。你為什麼替他帶來？」

「我正要上樓，順便替他拿來，」那老媽恭而有禮的回答。

「他自己不會帶來嗎？是他叫你的，還是你自己作主？」

「他沒叫我。我自己作主。」

我知道她在撒謊。阿芳的夢魂還在逍遙睡鄉。但是這位青年老媽婉詞的替阿芳辯護，倒使我不好意思。我情願屈服，不再整飭紀綱了。現在廚房裡如何天翻地覆，我是無權過問的了。

（按此為兩年前存稿，阿芳後來與新老媽有私，串通在外行竊，入獄。今年六月出獄，至此尚未見面。）

（選自一九三二年十月一日《論語》二卷二期）

6・薩天師⑫語錄

其五　薩天師與東方朔

薩拉圖斯脫拉來到鶻突之國魯鈍之城，拜見國君倆，太子懦，宰相顢蒙，太傅鹿豖，主教安閒及御優東方曼倩，覺得這鶻突國中魯鈍城裡，只有曼倩一人最聰明，只有他尚分得青紅皂白，只有他不玩世盜名，遊戲人生；他的笑中有淚，淚中有笑。東方曼倩對薩天師說：

⑫ 薩天師：薩拉圖斯脫拉（即：查拉圖斯特拉如是說）。見於尼采著作《薩拉圖斯脫拉如是說》。薩拉圖斯脫拉，即西元前十九世紀波斯教的創立者，尼采在這本書中僅是借他來宣揚自己的主張，與波斯教教義無關。

薩天師！慈悲長老！你何以下臨這冥頑之邦，俳優之朝，在這廷上，聰明人只能作俳優，也只有俳優是聰明人。我誠實告訴你，我已發明這城中聰明之用處，就是裝糊塗！

你只知道噤口之聰明，你卻不知饒舌之狡慧。

你何以離你的彌陀淨土，你的山中明月？你是否也感覺山峒的嚴寒，而下凡饒舌以求緩？

也許你是來探訪佩嘉禾章的癆病胸膛，或是來獻殷勤於吃燕窩粥的小姐？

也許你要來訪問善做訃聞的穩健青年，或是來問候長髯老爺，在玩弄他們徽章？不然，或是你來瞻仰登天雞犬的風采，及親領中學為體西學為用的香水閨媛的芳澤？

薩天師，慈悲長者！在這城中情感已經枯黃；思想也已搗成爛漿，上捲筒機，製成日報。

我告訴你這些話，並不求你相信：在這城市的春天，人心已經發黴，志尚也已染了癆瘵；流水已充塞毒熱的微菌，柳絮也傳佈腦膜炎的小機體。

你也許不相信：但是在這城中，奸滑都是老，無猜都是少；臉皮與年齒而俱增，寸心與歲月而彌滅——

在這城中，無猜青年請問：我們要把良心放在何處，把羞惡之心置於何地？長輩回答說：你只要端莊，飯有你吃的。改你羞惡之心，易以老成之面。長輩於是翻過去摟他的小老婆。

薩天師，老實告訴你，我依隱玩世，詼諧人間，也已乏了。我欣喜你來，因為我在饒舌之中，感覺寂寞，在絮絮之中，常起寒慄。我遨遊乎孤魂之間，看那些孤魂在夢中做扒手，互相偷竊。

我欣喜你來，因為對他們，我常戴著俳優的假面具，我為他們學會傻笑的藝術。我憑這只傻笑面具，與他們往來。

我傻笑，你傻笑，他傻笑。我們傻笑，你們傻笑，他們傻笑。這是他們的文法。

今天我正在傻笑，昨日我已經傻笑，明早我將要傻笑。這是他們動詞的變化。但是他們的傻笑，非我的傻笑，他們的哈哈，也不同於我的哈哈。他們莫明我的嘻聲，也莫知我露齒獰笑的高深。

因為我的獰笑是像焚毀城市的火災，非像開花嗶剝的銀燭，供閨秀的賞玩；是

像夏日之酷烈，不像冬日之和暖。我不使他們聽我的笑聲而舒服。因為我的笑聲是暴烈的，如火燎原的。我的笑容是魑魅的，使他們的主教蹙額，他們的紳士痛心。

維持風化：他們的禿頭主教與大腹賢臣唱著。我們也在扶翼聖教：他們尖頭軟膝的紳士和著。我唾棄他們的風化，也不敢正視他們的床笫。

我的笑聲，只使他們油滑的雞皮臉起了微皺，使他們的獐目合上，而傳達到他們便便的大腹——在這大腹中，受消化而起新陳代謝作用，連同海狗腎使他們壯陽。

他們把我的笑話當做春藥，麻醉劑，他們熱心聖道，有如斯者。他們也須要我供給補養料，醫他們的神經衰弱症。

維持風化——同時給我們清甜易消的養料。他們的腸胃也怪可憐見。

但是我的諧謔，饒舌，都有特別理由：在這城中，裸體的真理，羞赧已無容身之地，所以須披上諧謔的輕紗……

——東方朔這樣對薩拉圖斯脫拉說。

薩天師回答說：

我雖可憐你，但更可憐他們聖賢君子紳士的腸胃，尤其可憐羞赧無地披上俳諧輕紗的真理。

你這依隱玩世善放花炮的小聰明，你最善用聰明處，就是你的花炮與你的傻笑。你已學會保全你的頭顱。

我恭賀你不曾維持風化，扶翼聖道。難道真理可以屈身入宮，為鶻突國君的妃嬪，或是往來街上，替你們的國君貼標語？

維持風化：你們的貪污幸臣一齊唱著。但是我告訴你：凡維持必先改造，凡建設必先搗毀。

世上沒有焚毀的火，不是照耀世界；沒有可畏的太陽，不是煦育萬類。

請你放你的花炮長久些，響亮些，使他們不致於昏入睡鄉。最好玩的遊戲莫如焚毀這大城。

因為從這大城的灰燼，將有新都出現，由這些破屋的舊址，將有新的耶路撒冷成立。因為我正在急切的等待復活，所以也一樣急切的等待死亡。

但是，你聽我的臨別的贈言。你須好好的看護真理，給她穿上規矩守禮的服裝，因為裸體的真理，不是他們的賢人君子所敢正視的。

——薩拉圖斯脫拉如是說。

其六　文字國

薩拉圖斯脫拉立於市場講道時，見有斯文長者側立旁聽，在一頂瓜皮小帽之下，露出一副獐頭鼠目形容，削肩便腹，喉中吃吃時發奇聲，又似吐痰，又似吞痰。在他靜聽之時，始而如有所思，繼而若有所失，終而義形於色揚袂而去。

薩拉圖斯脫拉說：我誠實告訴你們，防避你們的縉紳，民間的蠹賊。我以上帝之名警告你們，防避你們的讀書人，如防避你們倉廩的老鼠。我以上帝之名警告你們，防避你們的正人君子，如防避草中的蛇蠍。

你們反對劣紳，但是我告訴你們，凡是紳未有不劣的。

讀書是這些城狐社鼠的門路，識字是他們行竊行詐的法寶。

在文字國中，文字是縉紳先生的專有品，文字的艱深，是他們戕賊百姓，使盲聾廢疾的武器。

文章是他們耍弄玄虛的拳套，是使觀眾眼花撩亂的舞術。

但是我告訴你們，因此他們最高的文章鉅子，也只成了賣膏藥的江湖拳士，只成了富翁做壽請來的戲子。

他們寫的是壽聯，行狀，墓誌銘，哀啟，訃聞，告窆（下葬時訃告親友），碑銘，預備人家連同壽麵，賻儀送贈朋友。

他們做的是宣言，通電，快郵，書面，談話，新聞稿，一面向武人送秋波，一面向百姓撒煙障。而且宣言篇篇得體，通電句句雅馴。

他們的武器是刑名師爺的告狀，是字句森嚴的奏摺；他們專擅的，是等因奉此的公文，是實為德便的八行書。

於是在文字國中，文字乃難能可貴，而刑名師爺維持其飯碗。宣言一出，音韻鏗鏘，讀者相與搖頭吟誦，然其結果，亦等於國旗，懸彩，鞭炮。為盛典中一種必不可少之點綴。

敵黨謂之「偽」，仇軍謂之「賊」，這是他們的修辭學；在人謂之「沆瀣一氣」，在我謂之「精誠團結」，這是他們的文法。

棄甲曳兵謂之「通盤計畫」，無意抗外謂之「保全元氣」，這是他們的名句。但是主張保全元氣者，不妨亦有義憤填胸，主張「不顧一切」之時。

妥洽未成，謂之「曉以大義」。和解破裂，謂之「執迷不悟」。出師謂之「拯斯民於水火」，倒戈謂之「憤內亂之頻仍」。

軍餉到手謂之「竭誠擁護政府」。戀棧不走謂之「不顧成敗利鈍」。

「學譾才疏」是履新上任之謙辭。「以讓賢路」是引咎辭職之雅語。「裕國福民」是包捐劣紳之幌子。「涓滴歸公」是貪官污吏的招牌。

刮民脂膏謂之「義捐」。強種煙苗謂之「懶稅」。鴉片公賣名為「寓禁於徵」。全身卻走謂之「一面抵抗」。

「摧殘民權」是失意政客之口號。「忠誠黨國」是登天雞犬之呼聲。「民不堪命」必見於叛軍之通電。「鞏固威信」常呈乎貴人之文章。

薩天師說：聰明的中國人啊，你們實在太聰明了，文雅的中國人啊，你們的民賊實在太文雅了。

我未嘗見過這樣以禮為國的國家，也未嘗見過這樣相率為偽的文章。

我在世上未嘗見過這樣拯斯民于水火的愛國軍閥，也未嘗見過這般憤內亂之頻仍的烏合之眾。

我在世上未嘗見過這樣涓滴歸公的貪官污吏，也未嘗見到這樣裕國福民的土豪劣紳。

然而縉紳的文字，也自有其根據——「道統」及「正名」哲學。正名是他們的哲學，仁義是他們的道統。他們相信名正言順，因為名正言無不順的，至於事實，似在其次。

在文字國中，文字就是符咒，文人就是巫醫。文字的勢力，不但可以治國，並且可以袪祟。你只消貼張字條於對面牆上，傷風自會好的。所以伏羲之功，在於神農之上。

但是我告訴你們，通電，宣言，也等於符咒及袪祟的字條。在非文字國的人，以為貼字條不定見效的，但在文字國的同胞，卻明明以為見效，此所以為文字國。

——薩拉圖斯脫拉如是說。

其七　上海之歌

偉大神秘的大城！我歌頌你的偉大與你的神秘！

我歌頌這著名銅臭的大城，歌頌你銅臭，與你油臉大腹青筋粘指的商賈。

歌頌這摟的肉與舞的肉的大城，有吃人參湯與燕窩粥的小姐，雖然吃人參湯與燕窩粥，仍舊面黃肌瘦，弱不勝風。

歌頌這吃的肉與睡的肉的大城，有柳腰笋足金齒黃牙的太太，從搖籃裡到土墳中永遠露著金齒黃牙學猴猻「嘻！嘻！嘻！」一般的傻笑。

歌頌這行屍走肉的大城，有光發滑頭的茶房，在伺候油臉大腹青筋粘指的商賈與柳腰笋足金齒黃牙的太太與面黃肌瘦弱不勝風的小姐。

你是何等的偉大與神秘！

在夜闌人靜之時，我想像你的怪異奇詭；在南京路的熙熙攘攘中與黃浦江上的男女浮屍身上，我看見你的各種色相——

我想到這中西陋俗的總滙——想到這豬油做的西洋點心，與穿洋服的剃頭師父；

我想到你的浮華、平庸、澆漓、淺薄——想到你斫傷了枝葉的花樹，與斫傷了天性的人類；也想到你失了丈夫氣的丈夫與失了天然美的女子；

想到你失了忠厚的平民與失了書香的學子；也想到你失了言權的報章與失了民性的民族；

我想到你的豪奢與你的貧乏——你巍立江邊的崇樓大廈與貧民窟中的茅屋草棚；也想到你坐汽車的大賈與撿垃圾桶的癟三；

我想到你的淫靡與你的頹喪——你燈紅酒綠的書寓與士女雜遝的舞場；

我想到你的歡聲與你的涕淚——你麻瘋式的蘇灘與中狂式的吹打；也想到你流淚上轎的新娘與歡呼鼓舞的喪殯；

你的退隱的道臺、知縣、與玳瑁眼鏡八字須的海上寓公，在小花園做瘟生；你的四馬路文人，也在敘述徵歌逐色的本領與欺負女性的豪氣；你半癡的公子哥兒，也在幫助消耗他們祖上的孽錢；

你癆病的煙鬼坐在車中，受顏色紅潤的羅宋保鏢的保護，如嬰孩之在母親的懷抱；你黃浦江中的癡男怨女，也在黃泥水中與黃色的魚蝦為友；

你有賣身體下部的妓女與賣身體上部的文人；也有買空賣空的商業與買空賣空的政客；

你飄泊海上的外人，有小的腦袋，壯的脛骨及硬的皮鞋；你飄泊海上的農夫，汗流浹背為廠主日納十角車資而奔跑；你的紅頭阿三手持警棍——而這脛骨、皮鞋、赤背、警棍也正在交舞；

我想到你的詩人，墨客，相士，舞女，戲子，蓬頭畫家，空頭作家，滑頭商人，尖頭掮客——

在夜闌人靜之時，我想到這種種的色相，而莫明其熙熙攘攘的所以；

你這偉大玄妙的大城，東西濁流的總滙。

你這中國最安全的樂土，連你的乞丐都不老實。

我歌頌你的浮華，愚陋，凡俗與平庸。

（選自《有不為齋文集》）

7・冬至之晨殺人記

孔子曰：上士殺人用筆端，中士殺人用語言，下士殺人用石盤。可見殺人的方法很多。我剛會一位客，因為他談鋒太健了，就用兩句半話把他殺死。雖然死不死由他，但殺不殺卻由我，總盡我中士之義務了。

事情是這樣的。我雖不信耶穌，卻守聖誕，即俗所謂外國冬至。幾日來因為聖誕節到，加倍鬧忙，多買不應買的什物，多與小兒打滾，而且在這節期中似乎覺得義應特別躲懶，所以《中國評論報》「小評論」的稿始終未寫。取稿的人卻於二十分鐘內要來了。本來我辦事很有系統，此時卻想給他不系統一下。我想一人終年規規矩矩做事，到這節期撤一爛污，也沒什麼。即使《中國評論報》不能按期出版，中國也不致就此滅亡罷？所以我正坐在一洋鐵爐邊，夢想有壁爐觀火的快樂，暫把胸中掛慮，一齊付之夢中爐火，化歸烏有，飛上青天。只因素來安分成性，所以雖

然坐著做夢，卻是時向那架打字機丟眼色。結果我明曉大義，躲懶之心被克復了，我下決心正在準備工作。

正在這趕稿之時，知道有文章要寫，卻不知如何下筆，忽然門外鈴響。看了片子，是個陌生客。這倒叫我為難，因為如果是熟客，我可以恭祝他聖誕一下，再請他滾蛋。不過來客情形又似十分重要。所以我叫聽差先告訴來人，我此刻甚忙，不過如有要事，不妨進來坐談幾分鐘。他說事情非常緊要。由是進來了。

這位先生，穿的很整齊，舉止也很風雅。其實看他聚珍版仿宋的名片，也就知道他是個學界中人。他的顙額很高，很像一位文人學者，但是嘴巴尖小，而且眼睛渺細，看來不甚叫人喜歡。他手裡拿著一個紙包。我已經對他不懷好意了。

於是我們開始寒暄。某君是久仰我的「大名」，也曾拜讀過我的「大作」。

「淺薄的很。先生不要見笑。」我照例恭恭敬敬的回答。但是這句話剛出口，我登時就覺不妙，我得了一種感覺，我們還得互相回敬十五分鐘，大繞大灣，才有言歸正傳的希望。到底不知他有什麼公幹。

老實說，我會客的經驗十分豐富。大概來客越知書識禮，互相回敬的寒暄語及大繞大灣的話頭越多。誰也知道，見生客是不好冒冒昧昧，像洋鬼子「此來為某事」直截了當開題，因為這樣開題，便不風雅了。凡讀書人初次相會，必有讀書人的身分，把做八股的工夫，或者是桐城起承轉伏的義法拿出來。這樣談話起來，叫做話裡有文章，文章不但應有風格，而且應有結構。大概可分為四段。不過談話並不像文章的做法，下筆便破題而承題；入題的話是留在最後。這四段是這樣的：（一）談寒暄評氣候；（二）敘往事，追舊誼；（三）談時事發感慨；（四）為要奉托之「小事」。凡讀書人，絕不肯從第四段講起，必須運用章法，有伏，有承，氣勢既壯，然後陡然收筆，於實為德便之下，兀然而止。

這四段若用圖畫分類法，亦可分為（一）氣象學，（二）史學，（三）政治，（四）經濟。第一段之作用在於「坐穩」，符于來則安之之義。「尊姓」「大名」「久仰」「夙慕」及「今天天氣哈哈哈」屬於此段。位安而後情定。所謂定情，非定情之夕之謂，不過聯絡感情而已，所以第二段便是敘舊。也許有你的令侄與某君同過學，也許你住過南小街，而他住過無量大人胡同，由是感情便融洽了。如果大家都是北大中人，認識志摩，適之，甚至辜鴻銘，林琴南——那便更加親摯而話長了。感情既洽，聲勢斯壯，故接著便是談時事，發感慨。這第三段範圍甚廣，包括有：中國不亡是無天理，救國策，對於古月三王草將馬二弓長諸政治領袖之品評，

等等。連帶的還有追隨孫總理幾年到幾年之統計。比如你光緒三十年聽見過一次孫總理演講，而今年是民國二十九年，合計應得三十三年，這便叫做追隨總理三十三年。及感情既洽，聲勢又壯，陡然下筆之機已到，於是客飲茶起立，拿起帽子，突兀而來，轉入第四段：現在有一小事奉煩。先生不是認識〇〇大學校長嗎？可否寫一封介紹信。總結全文。

這冬至之晨，我神經聰敏，知道又要恭聆四段法的文章了。因為某先生談吐十分風雅，舉止十分雍容，所以我有點準備。心坎裡卻在猜想他紙包裡不知有無寶貝。或是他要介紹我什麼差事，話雖如此，我們仍舊從氣象學談起。

十二宮星宿已經算過，某先生偶然輕快的提起傅君來。傅君是北大的高材生。我明白，他在敘舊，已經在第二段。是的，這位先生確是雄才，胸中有光芒萬丈，筆鋒甚健。他完全同意，但是我的眼光總是回復射在打字機上及他的紙包。然而不知怎樣，我們的感情，果然融洽起來了。這位先生談的句句有理，句句中肯。

自第二段至第三段之轉入，是非常自然。

傅君，蜀人也。你瞧，四川不是正在有叔侄大義滅親的廝殺一場嗎，某先生說四川很不幸。他說看見我編輯的《論語》半月刊（我聽人家說看見《論語》半月刊總是快活），知道四川民國以來共有四百七十七次的內戰。我自然無異辭，不過心裡想：「中國人的時間實在太充裕了，《評論報》的傭人就要來取稿了。所以也不大再願聽他的議論，領略他的章法，而很願意幫他結束第三段。我們已談了半個多鐘頭。這時我覺得叫一切四川軍閥都上吊，轉入正題，也不敢出岔。

「先生今日來訪，不知有何要事？」

「不過一點小小的事，」他說，打開他的紙包。「聽說先生與某雜誌主編胡先生是戚屬，可否奉煩先生將此稿轉交胡先生。」

「我與胡先生並非戚屬，而且某雜誌之名，也沒聽見過，」我口不由心狂妄的回答。言下覺得頗有中士殺人之慨。這時劇情非常緊張。因為這樣猛然一來，不但出了我自己意料之外，連這位先生也愕然，我們倆都覺得啼笑皆非，因為我們深深惋惜，這樣用半個鐘點工夫做起承轉伏正要入題的好文章，因為我狂妄，弄得毫無收場，我的罪過真不在魏延踢倒七星燈之下了。此時我們倆都覺得人生若夢！因為我知道我已白白地糟蹋我最寶貴的冬至之晨，而他也感覺白白地糟蹋他氣象天文史學政治的學識。

（選自《行素集》〔我的話〕）

8・笑之可惡

這是在咖啡館中之一夜，原因是雅西新從法國回來，那天晚飯，聽他的叔叔祥甫說到霞飛路咖啡館之清雅有趣，滿口稱道，自雅西聽來，似乎在說巴黎的咖啡館不好，有點不服，負氣約了他的老同學于君連他的叔叔三人同來的。在祥甫口中，雅西之讀音，有點特別，由老于聽來似乎就是亞賽。而賽字又似讀平聲。他在法國留學之時曾經把他拼寫為 Asen Asay Asailles Asaient 四種，尤其最後兩種，是他最得意的。但是自從一位法國女郎呼他為 Assez 以後，他的同學也就呼他為 Assez，也有的轉譯為中語，呼他為「夠了」。再有人轉為文言，呼他為「休矣」。也有留英的學生來遊巴黎，呼他為 Iesay。但是祥甫因為自小呼慣了，還是呼他為阿賽，而賽字讀平聲，雅西也莫奈之何，只說他近來回國了，小名實在不大好聽，雅西是他的號，然而他的叔叔卻仍然認為並無以號呼他侄兒之必要。

他們三人坐在靠近我的一個桌上。雅西看見桌上有玻璃面，認為他出洋以後幾年中，上海的確進步了，但是他輕易不肯稱譽國貨。

「你看那女子燙的頭髮，學什麼巴黎，不東不西，實在太幽默了。」

「你也懂幽默這新名詞嗎？」老于說。

「怎麼不懂！在巴黎我也看過著名中國幽默雜誌《論語》——什麼東西！中國人那裡懂得幽默！」

祥甫本來也是道學。他一向也反對幽默。但是他反對的不是滑稽，是反對幽默這西洋名詞，尤其反對「論語」兩字，被現代人拿來當做刊物名稱。他說滑稽荒唐是無妨的，文人偶爾做點遊戲文字當做消遣，是無妨的。滑稽又要說正經話，又莊又諧，他是反對的。他說比方一人要嫖就得到外頭去嫖，跟自己太太還好親吻非禮嗎！你想家裡太太也拉胡琴，唱京調，燙頭髮，打扮的花枝招展，成個什麼體統呢。他在家中非常嚴肅正經，浪漫時家中小子是看不見的。所以他向來看《論語》，在家中也是板起臉孔看的，越看越怒，雖然越怒越看。《論語》一向就是被這派義憤填胸「怒看」的人買完了；老于之輩常是買不到的，或是買得到，也被家裡老太爺拿去沒收。但是此刻因為雅西反對，他反而要替國貨說兩句話了，因為雅

西雖然留過學，在他仍然是亞賽而已，而賽字是讀平聲。

「《論語》怎麼不好？」祥甫說。

這時祥甫老伯是贊成幽默，而雅西反而成道學；這種營壘有點特別。

「像《拉微巴黎仙》才是幽默，才讓你笑得不可開交，」——這時我正在看一本《拉微巴黎仙》上的圖，一雙女人大腿放在麵團團富賈的便便大腹上——「那是那樣微妙的輕鬆的臘丁民族的笑。就如這咖啡館，叫你坐上不快活。我在巴黎時，在咖啡館，一叫就可以坐半天。也不知怎麼，叫你覺得在臘丁鬍子之下露齒一笑是應該的。我們中國人鬍子就留得不好。中國人的笑也是可厭的。」

祥甫是有鬍子的，聽到此話，猛然瞥他一眼。老于看見情形不妙了，趕緊用話撇開。

「雅西，巴黎我是沒有見過的，霞飛路上法國鬍子，我也看過不少，這也不可概乎言之。我倒不覺得怎樣。笑一笑，也不見得西洋便怎樣高明，中國便怎樣可惡。《論語》二十八期也譯過一篇不知誰做的「學究與賊」，法國幽默，看來還不同《笑林廣記》一樣。你們一場括子道學而已。」

「你記錯了。那是三十期《論語》上登過的，不是二十八期吧？」剛從法國留學回來之雅西說。「我是由歐洲回來在法國郵船公司博德士船上讀到的。」

「你們都不是，『學究與賊』是二十六期，十月一日出版的。那日我正有事到無錫去，在車上買到的，明明是十月一日，我還能記錯嗎？」詳甫老伯說。

我飲了一大杯咖啡而去。心裡想著二十八？二十六？三十？實在記不清，況且二十六期是否十月一日出版，也不甚了了。回到家中，找存書，遍翻不得，二十七至三十期皆有，都不見有那篇「學究與賊」。偏偏二十六期缺了。打電話問時代公司，請即刻派人送一本二十六期來。時代的（人）著了慌，以為二十六期出了什麼禍。我說「沒有什麼，我神經錯亂而已，反對的人都把期目記清了，我反已記不得。但願天下人都反對幽默。」

「什麼！」是電話上驚惶的來聲。

「即刻把二十六期差人寄來，」我戛然把電話掛上。

（選自《行素集》〔我的話〕）

9・買鳥

我愛鳥而惡狗。這並不是我的怪癖，是因為我是個中國人。我自自然然地有這種脾氣，正和所有的中國人一樣。因為中國人喜歡鳥，可是要是你對他們談到愛狗的事，他們便會問你道，「你講甚麼話？」我永遠不明白為什麼一個人要去和畜牲做朋友，要懷抱它，愛撫它。我只有一次突然明白這種對狗的同感，那是當我讀門太做的「聖美利舍的故事」（「Story ef San Michele」by Axel Munthe）的時候。書上說他因為一個法國人踢狗而向那法國人決鬥的那一個部份，當真的感動我。似乎是在那個時候我才真的瞭解它，我幾乎希望即時有一隻獵狗來蜷伏在我的身邊。

不過，這些只是受他一時文字的魔力罷了，現在離當初讀門太的書的時候將近兩年了，而那種對狗友的一點風雅豪情也早如槁木死灰了。我一生覺得最討厭的時候是當我在一個美國朋友的客廳裡的時候，一隻聖伯納種的大狗（St. Bernard，按此種壯麗敏銳之大狗原飼育於瑞士聖伯納庵堂，因之得名）要來舐我的手指和手臂，表示親昵，而更難堪的是女主人喋喋不休地要道出這隻狗的家譜來。我想我那個時候一定像個邪教徒的樣子，瞠目凝視著她，茫然找不出一句相當的話來對答。

「是我一個瑞士朋友直接從查利克（Zurich）帶來的，」我的女主人說。

「唔，皮亞斯太太。」

「它的外祖父曾從阿爾卑斯山的雪崩中救出過一個小孩，它的叔祖是一八五六年國際賽狗會中得到錦標的。」

「不錯！」

我並不是故意要失禮的，然而我恐怕那時候是真失禮了。

我明白英國人都愛狗。可是講起來英國人是樣樣都愛的。他們連大牡貓都愛。

有一次我和一位英國朋友辯論這問題。

「這一切和狗做朋友的話全是胡說，」我說，「你們假裝愛畜牲。你們真會撒謊，因為你們嗾使這些畜牲去追趕可憐的狐狸。你們為什麼不去愛撫狐狸，叫它做『我的小心肝寶貝』呢？」

「我想我可以解釋給你聽，」我的朋友回答道。「狗這種畜牲，是怪善會人意

的。它明白你，忠心於你……」

「且慢！」我插嘴說。「我之所以惡狗，正因為它們這樣善會人意的緣故。我的天生愛惜動物的，這可以用我不忍故意撲殺一隻蒼蠅這事實來證明。可是我厭惡那種假裝要做你的朋友的畜牲，走近來搔遍你的全身。我喜歡那種知趣的畜牲，安分的畜牲。我寧願去愛隻驢子……要愛惜狗嗎？對的。可是為什麼要愛撫它，要懷抱它呢？」

「啊，算了吧，」我的英國朋友說，「我不想叫你一定信服我的話。」於是我們便扯到別的題目上去。後來，我養了一隻狗，這是因為我家庭情況的需要。我好好地叫人餵它，給它洗澡，讓它睡在一間好好的狗屋裡。可是我禁止它以搔遍我的全身來表示親昵和忠實的一切舉動。我真寧可死而不情願學許多時髦女郎那樣牽它在街上走。有一次我看見一個放了腳的江北老媽穿著一雙高跟鞋，明顯地是什麼外國人家裡的女僕，她一手拿著一根洋棍，一手拉著一隻小獵狗。那真才是一大奇觀哩！我不願意把我自己裝成這種怪模樣。讓英國人去拉狗吧。那才和他們有緣分，可是和我是無緣的。我出去散步的時候，也得走得成個模樣。

可是，我原來是要來談鳥的，特別是談我前天買鳥的經歷。我有一大籠小鳥，不曉得叫甚麼名字的，不過是比麻雀小一點。雄的紅胸上有白花點。去年冬天為了種種緣故死了幾隻。我常想再去買幾隻來湊伴兒。那正是中秋節的那天。全家人都去赴茶會了，只剩下我和我的小女兒在家裡。於是我便向她提議，我們還是到城裡去買些小鳥吧。她很贊成。

城隍廟鳥市的情形怎樣，凡是住在上海的居民都很曉得，用不著我來多說。我手裡抱著我的女孩，走過那行人擁擠不堪的街道。那裡是真愛動物者的天堂，因為那裡不但有鳥，也有蛙，白老鼠，松鼠，蟋蟀，背上生著一種水草的烏龜，金魚，小麻雀，蜈蚣，守宮（壁虎），以及別種奇形怪狀的東西。你該先去看那些路中地上賣蟋蟀的和包圍著他們的那群小孩子，然後再去判定中國人到底是不是愛好動物的。我走進一家山東人開的鳥店，因為以前已經買過這種鳥，知道價錢，毫無困難地便買了三對。買價兩元一角正。

店是在街道轉角的地方。籠裡大約有四十隻那種小鳥，我們講定了價錢，那人便開始替我揀出三對來。籠裡的騷動揚起了一陣灰塵，我便站開點。到他揀鳥揀了一半的時候，已經有一大堆人圍聚在店前了，街上閒遊的人向來如此，也不足怪。等到我付了錢，把那小籠子提走的時候，我便變成注意的中心和眾人妒羨的目標

了。空氣中漂浮著一層歡樂的騷動。「那是甚麼鳥？」一位中年男子問我。「你去問店裡的人，」我說。「它們可會唱？」另外一個人問。「多少錢買的？」第三個又問。我隨便回答，像一個貴族似地走開了。因為我在中國群眾中，是一個可驕傲的有鳥的人。那時有一種什麼東西把群眾連結起來，一種純粹天然的本能的共通的欣喜，放出我們天下一家的同感，打破陌生人間緘默的壁壘。當然，他們有權利可以問我那些鳥怎樣怎樣，正如假使我當他們的面前中了航空獎券的頭獎，他們也有同樣的權利可以問我一樣。

於是我便一手抱著我的小女兒一手提著鳥籠走過去。路上的人都轉過身來看。假使我是那嬰孩的母親，我便會相信他們都在稱讚我的嬰孩了，可是我既然是個男人，所以我曉得他們是在稱讚籠裡的小鳥的。這種鳥可真這麼希罕嗎？我自己這樣想。不，他們只是普通的愛鳥成癖而已。我跑上一家點心店裡去。那時過午不久，時候還早，樓上空著。

「來一碗餛飩，」我說。

「這些是什麼鳥？」一個肩上掛著一條手巾的夥計問。

「來一碗餛飩和一碟『白切雞』！」我說。

「是，是。是會唱的？是不會唱的？」

「不會唱的。但是要快，我肚子餓著呢！」

「是，是，一碗餛飩！——一碟白切雞！」他向樓下的廚房嚷著，或者不如說是唱著。「這些是外國鳥。」

「是嗎？」我只是在敷衍。

「這鳥生在山上，山上，你曉得的，大山上。喂，掌櫃，這是什麼鳥？」

掌櫃是一種管賬的，他戴著一付眼鏡，和一切記帳的一樣，是能看書會寫字的男人，除了銅板和洋錢之外，你別想他對小孩的玩具或別的什麼東西會發生興趣。可是他一聽見有鳥的時候，他不但答應，並且，叫我大大的驚異的是他竟移動著腳去找拖鞋了，離開櫃檯，慢慢地向我的桌子走來。當他走近鳥籠的時候，他那冷酷的臉孔融化了，他變成天真而饒舌的，完全和他那副相貌不稱。然後他把頭仰向天花板，大肚子從短襖下突了出來，發表他的判斷。

「這種鳥不會唱的，」他神氣活現地批評說。「只是小巧好玩，給小孩子玩玩倒嘸啥。」

於是他便回到他那高櫃檯上去，而我不久也吃完那碗餛飩。

在我回家的路上也是一樣。街上的人都彎著身子下去看看籠子裡是什麼東西。我走進一家舊書店裡去。

「你們可有明版書？」

「你籠裡那些是什麼鳥？」中年的店主問。這一問叫三四個顧客都注意到我手裡的鳥籠來了。這時頗有一番騷動——我是說在籠子外。

「給我看看？」一個小學徒說著，便從我的手裡把鳥籠搶過去。

「拿去看個飽吧，」我說，「你們可有明版的書？」可是我再也不是注意的目標了，我便自己到書架上去瀏覽。一本也找不到，我便提了鳥籠走出店來，頓時又變成注意的中心了。街上的人有的向鳥微笑，有的向我微笑，因為我有那些鳥。

後來我在二洋涇橋叫了一輛雲飛汽車乘回來。我記得很清楚，上一次我從城隍廟帶一籠鳥回來的時候，車站裡的辦事員特意走出來看我的鳥。這一次他並沒有看見，我也不想故意引起他的注意。可是當我踏上汽車的時候，車夫的眼睛看到我手提的小籠子了，而果然不出所料，他的臉孔頓時鬆弛了下來，他當真也變成小孩似的，正像上次買鳥時候的車夫一樣，他對我十分的友好，打開話盒，我們談話談得很遠，到了我到家裡的時候，他不但把養鳥和教鳥唱歌的秘密都告訴我，並且連雲飛汽車公司的全部秘密都說了出來，他們所有車輛的數目，他們所得到的酒資，他整個童年時代的歷史，以及他可結婚的理由。

現在我曉得了，假使我有一天須現身在群氣激昂的公眾之前，想要消除一群恨我入骨欲得我而甘心的中國民眾的怒氣的時候，應該怎樣辦了。我只須提個鳥籠出來，把一隻美麗的玉燕，或是一隻善唱的雲雀給他們看。你瞧罷！這比救火水龍管或是流淚彈效力還要神速，比德謨士但尼斯（Demosthenes）的一篇演說神通還要廣大，而且結果我們都可以大家結拜把兄弟。

（選自一九三四年十一月一日《論語》五十二期）

10・論文

上篇

近日買到沈啟無編《近代散文鈔》下卷，連同數月前購得的上卷，一氣讀完，對於公安竟陵派的文，稍微知其涯略了。此派文人的作品，雖然幾乎篇篇讀得，甚近西文之 Familiar essay（小品文），但是總括起來，不能說有很偉大的成就。其長處是，篇篇有骨氣，有神采，言之有物；其短處，是如放足婦人。集中最好莫如張岱之《岱志》《海志》，但是以此兩篇與用白話寫的《老殘遊記》的遊大明湖聽書及桃花山月下遇虎幾段相比，便覺得如放足與天足之別。真正豪放自然，天馬行空，如金聖嘆之《水滸傳》序，可謂絕無僅有。大概以古文做序、跋遊記、題詞、素描，只能如此而已。「簡煉」是中文的特色。也就是中國人的最大束縛。但是這派成就雖有限，卻已抓住近代文的命脈，足以啟近代文的源流，而稱為近代散文的正宗沈君以是書名為《近代散文鈔》，確系高見。因為我們在這集中，於清新可喜的遊記外，發現了最豐富、最精采的文學理論，最能見到文學創作的中心問題。又證之以西方表現派文評，真如異曲同工，不覺驚喜。

大凡此派主性靈，就是西方歌德以下近代文學普通立場，性靈派之排斥學古，正也如西方浪漫文學之反對新古典主義，性靈派以個人性靈為立場，也如一切近代文學之個人主義。其中如三袁弟兄之排斥仿古文辭，與胡適之《文學革命》所言，正如出一轍。這真不能不使我們佩服了。

一、性靈

西洋近代文學，派別雖多，然自浪漫主義推翻古典文學以來，文人創作立言，自有一共通之點，與前期大不同者，就是文學趨近於抒情的、個人的：各抒己見，不復以古人為繩墨典型。一念一見之微，都是表示個人衷曲，不復言廓大籠統的天

經地義。而喜怒哀樂、怨憤悱惻，也無非個人一時之思感，因此其文詞也比較真摯親切，而文體也隨之自由解放，曲盡纏綿，以意役法，不以法役意了。近代文學作品所表的是自己的意，所說的是自己的話，不復為聖人立言，不代天宣教了。

所以近代文學之第一先聲，便是盧騷的《懺悔錄》，所言者是盧騷一己的事，所表的是盧騷一己的意，將床笫之事、衷曲之私，盡情暴露於天下，使古典主義忸怩作態之社會，讀來如晴天霹靂，而掀起浪漫文學之大潮流。

Ludwig Lewison 在最近出版《美國之表現》（Expression in America）一部最好的美國文學史）序言概論近代文學一段說：「Literature, in other words, has become more and more lyrical and subjective in both origin and appeal」「換言之，文學之來源與感力，愈來愈是抒情的與主觀的。」就是說，近代文學由載道而轉入言志。袁中郎⑬《雪濤閣集》序說：

「古之為詩者，有泛寄之情，無直書之事，而其為文也，有直書之事，無泛寄

---

⑬ 袁中郎：袁宏道（一五六八～一六一〇），明末小品文作家。提倡「性靈」。與其兄袁宗道、其弟袁中道並稱為「公安派」或「公安體」。

之情，故詩虛而文實。晉唐以後，為詩者，有贈別，有敘事；為文者，有辨說，有論敘，架空而言，不必有其事與其人；是詩之體已不虛，而文之體已不能實矣。」也一半是指散文轉入抒情的意思。所以說性靈派文學，是抓住近代文的命脈，而足以啟近代散文的源流。

性靈就是自我。代表此派議論最暢快的，見於袁宗道論文上下二篇。下篇開始便說：「燕香者，沉則沉煙，檀則檀氣，何也？其性異也。奏樂者，鐘不藉鼓響，鼓不假鐘音，何也？其器殊也。文章亦然。有一派學問，則釀出一種意見，有一種意見，則創出一般言語。無意見則虛浮，虛浮則雷同矣。故大喜者必絕倒，大哀者必痛號，大怒者必叫吼動地，發上指冠。惟戲場中人，心中本無可喜事，而欲強笑，亦無可哀事，而欲強哭，而勢不得不假借模擬耳。今之文士，浮浮泛泛，原不曾的然做一項學問，叩其胸中，亦茫然不曾具一絲意見，徒見古人有立言不朽之說，又見前輩有能詩能文之名，亦欲搦管伸紙，入此行市，連篇累牘，圖人稱揚。夫以茫昧之胸，而妄意鴻巨之裁，自非行乞左馬之側，募緣殘漏，盜竊遺失，安能寫滿卷帙乎？試將諸公一論，抹去古語成句，幾不免于曳白矣！其可愧如此！」這段話，比陳獨秀的《革命文學論》更能抓住文學的中心問題而做新文學的南針。

二、排古

文章者，個人之性靈之表現。性靈之為物，惟我知之，生我之父母不知，同床之吾妻亦不知。然文學之生命實寄託於此。故言性靈之文人必排古，因為學古不但可不必，實亦不可能。言性靈之文人，亦必排斥格套，因已尋到文學之命脈，意之所之，自成佳境，決不會為格套定律所拘束。所以文學解放論者，必與文章紀律論者衝突，中外皆然。後者在中文稱之為筆法、句法、段法，在西洋稱為文章紀律。這就是現代美國哈佛大學白璧德教授的「人文主義」與其反對者爭論之焦點。白璧德教授的遺毒，已由哈佛生徒而輸入中國。紀律主義，就是反對自我主義，兩者冰炭不相容。

其實，一七九五年，英人楊氏（Edward Young）在 Conjecture on Original Composition 一篇奇文，早已認清文學的命脈系出於個人思感，而非所可勉強仿效他人（It grows it is not made 參見下文章孕育論）。楊氏說：「我們越不模擬古人，越與古人相似。」（「The less we copy the ancients, the more we resemble them.」）所以不肯模擬古人，一則因為無暇，二則，因為古人為文也是憑其性靈而已。

袁宗道論文下說：「然其病源，則不在模擬而在無識。若使胸中的有所見，苞塞於中，將墨不暇研，筆不暇揮，兔起鶻落，猶恐或逸，況有閒力暇晷，引用古人詞句耶？故學者誠能從學生理，從理生文，雖驅之使模擬，不可得矣。」論文上篇是專罵人學古的：「且文之佳惡，不在地名官名也。司馬遷之文，其佳處在敘事如畫，議論超越；而近人說，西京以還，封建宮殿，官師郡邑，其名不雅馴，雖子長復出，不能成史，即子長之佳處彼尚未夢見也。而況能肖子長乎？……彼摘古字句入己著作者，是無異綴皮葉於衣袂之中，投毛血於淆核之內也。大抵古人之文，專期於達，而今人之文，專期於不達，以不達學達，是可謂學古者乎？」《雪濤閣集》序也說：「夫古有古之時，今有今之時，襲古人語言之跡，而冒以為古，是處嚴冬而襲夏之葛者也。」

三、金聖嘆代答白璧德

中國的白璧德信徒每襲白氏座中語，謂古文之所以足為典型，蓋能攫住人類之

通性，因攫住通性，故能萬古常新；浪漫文學以個人為指歸，趨於巧，趨於偏，支流蔓衍，必至一發不可收拾。殊不知文無新舊之分，惟有真偽之別，凡出於個人之真知灼見，親感至誠，皆可傳不朽。因為人類情感，有所同然，誠於己者，自能引動他人。金聖嘆尤能解釋此理，與西方歌德所言吻合。《答沈匡來書》說：「作詩須說其心之所誠然者，須說其心之所同然者。說心中之所誠然，故能應筆滴淚，說心中之所同然，故能使讀我詩者應聲滴淚也。……若唐律詩亦只作得中之四句，則何故今日讀之猶能應聲滴淚乎？」

凡人作文，只怕表情不誠，敘物不忠，能忠能誠，自可使千古讀者墮同情之淚。聖歎言「忠」一字甚好。《水滸傳序三》說：「格物亦有法，汝應知之。格物之法，以忠恕為門。何為忠？天下因緣生法，故忠不必學而至於忠，天下自然無法不忠。吾既忠，眼亦忠，故吾之見忠。鐘忠，耳忠，故聞無不忠。吾既忠，則人亦忠，盜賊亦忠，犬鼠亦忠，盜賊犬鼠無不忠者，所謂恕也。「古人為文，百世以後讀之應聲滴淚，就是因為耳忠眼忠而物亦忠，吾既忠，人亦忠。於己性靈耳目思感不忠的人，必不能使人亦忠。作者與讀者關係，說來無過如此。

四、金聖嘆之大過

聖歎看來，似西歐文藝復興時期人物，對於人生萬物，每有拍案驚奇之讚嘆。觀其論詩，謂「詩如何可限字句？詩者人之心頭忽然之一聲耳，不問婦人孺子，晨早夜半，莫不有之」（與許青嶼書），真如已入室升堂知道文章孕育所在了。所謂「吾書至此句，此句以前，已疾變滅」，亦甚佳妙。又觀其論唐詩句無雷同，實已窺到創造之心境。與許祈年書的全文甚好，抄錄於下，「弟讀唐人七言近體，隨手間自抄出，多至六百餘章，而其中間乃至並無一句相同。弟因坐而思之，手之所撚者筆，筆之所醮者墨，墨之所著於紙者，前之人與後之人，大都不出雲山花木沙草魚蟲近是也。舍是則更無所假託焉。而今我已一再取而讀之，是何前之人與後之人，雲山花木沙草魚蟲之猶是，而我讀之之人之心頭眼底，反更一一有其無方者乎？此豈非一字未構以前，胸中先有渾成之一片，此時無論雲山乃至蟲魚，凡所應用，彼皆早已盡在一片渾成之中乎？不然，如何同是一雲一山一蟲一魚，而入此者不可借彼，在彼者，更不得安此乎？」

這簡直就是上引的 Edward Young 的文章孕育論，也就是 Croce 的藝術單純論

（The unity of a work of art）。因為他表章文人之文是出於文人個性自然之發展，非可仿效他人，亦非他人所可仿效，非能剝奪他人，亦非他人所能剝奪。

但是不知如何，聖歎始終纏綿困倒於章法句法之中，與袁枚及公安諸子等所言文章無法大相刺謬。我於他處曾經指出聖歎之病，現在又紬繹其言，知道並不冤枉他。我也坐思其故，聖歎實一極有理性之人，有科學頭腦，無科學題材，故在文學上運用其理智，發明章法句法及為唐詩分解，這些嘗試，都含有 Hegel 窮探邏輯的意味。答韓貫華書中說：「弟比來……止是閒分唐人律詩前後二解，自言樂耳。……弟因尋常見世間會說話人，先必有話頭，既必有話尾。話頭者，謂適開口，渠則必然如此說起，蓋如此說起，便是說話，不如此說起，便都不是說話也。話尾者，既已說過正話，便又亟自轉口云。……今弟所分唐律詩之前後二解，正是會說話人之話頭話尾也。」他雖然知道不可限詩字句，但他所感到趣味的，是這些語言邏輯上的承轉的問題。

何以說不冤枉他？試讀以下《水滸傳序三》之論《史記》《莊生》與《水滸》之文。「吾舊聞有人言《莊生》之文放浪，《史記》之文雄奇，始亦以之為然，至是忽啞然其笑。古今之人，以瞽語瞽，真可謂一無所知，徒令小兒腸痛耳。」讀者至此覺得甚妙，以為聖歎將揭穿宇宙文章寄托性靈之大秘奧。又說下去，「夫《莊生》之文何嘗放浪，《史記》之文何嘗雄奇，彼殆不知莊生之所云，而徒見其忽言化魚，忽言解牛，尋之不得其端，則以為放浪；徒見《史記》所記皆劉項爭鬥之事，其他又不出於代人報仇，捐金重義為多，則以為雄奇也。」讀者又謂將見《史記》《莊生》行文之秘奧，而「得其端」了，及讀接句下文，聽聖歎發揮行文之「端」，乃大失望。接句下文是，「若誠以吾讀《水滸》之法讀之，正可謂《莊生》之文精嚴，《史記》之文亦精嚴……何謂之精嚴？字有字法，句有句法，章有章法，部有部法。」嗚呼，子長莊生豈知字法句法章法之為何物乎？嗚呼，吾雖不欲使聖歎下第，其可得歟？

《莊生》，文之最放者，取其最放，而誣以精嚴，裹其女足，授以尖鞋，使天下之士賴句法章法裹足尖鞋以效莊生，豈非滑天下之大稽乎？

下篇

數月前讀沈啟無編的《現代散文鈔》二卷，得其中極多精采的文學理論，爰著

「論文」篇，略闡性靈派的立論；意猶未盡，乃續作下篇。性靈二字，不僅為近代散文之命脈，抑且足矯目前文人空疏浮泛雷同木陋之弊。吾知此二字將啟現代散文之緒，得之則生，不得則死。

蓋現代散文之技巧，專在治議論情感於一爐，而成個人的筆調。此議論情感，非自修辭章法學來，乃由解脫性靈參悟道理學來。桎梏性靈之修辭章法，鈍根學之，將成啞吧，慧人學之，亦等鈍根，蓋其所言在膚革，不在骨子，在容貌，不在神髓。學者終日咿唔摹仿，寫作出來，何嘗有一分真意見真情感流露出來？無意見無情感則千篇一律，枯燥乏味，讀之昏昏欲睡，文字任何優美，名詞任何新鮮，皆死文學也。性靈之啟發，乃文人根器所在，關係至巨，故不憚辭費，再為下篇，以明文章之孕育取材及寫作，確不能逃出性靈論範圍也。吾知士大夫將不直吾言，然吾說我心中要說的話，士大夫之論不足畏也。士大夫豈懂得性靈為何物乎？

袁中郎敘陳正甫《會心集》曰：「……迨夫年漸長，官漸高，品漸大，有身如梏，有心如棘，毛孔骨節，俱為聞見知識所縛。」此種不知趣之士大夫何足論文？知趣是學文之始。不相信士大夫，是學問之始。

一、性靈之摧殘與文學之枯乾

有意見始有學問，有學問始有文章，學文必先自解脫性靈參悟道理始。古文盛行時，文字成一問題，故修煉辭藻，可虛糜半世工夫。今則皆用質直文字，文章即說話，能說話便能做文章。巧話有巧文，陋話有陋文。故今文人所苦者，無話可說而已。無話可說，乃無病呻吟，萎靡纖弱，甚有盈篇累牘，讀完仍不見說一句真知灼見的話。嘗推其故；塾師教作文，不教說心中要說的話，心中不可不說的話，只教說得體的話，是摧殘性靈之第一步。將來小學生成士大夫，委員，秘書，起草宣言，滿篇皆得體文章，乃此種作文教學為厲之階也。及至士大夫發宣言，作演講，洋洋灑灑，無一句老實話，恬不知恥，報紙強迫刊載，學生引為楷模。於是朝野以應酬文章相欺相誑，是摧殘性靈之第二步。然發宣言作演講，猶系應酬文章，非文學也，宣誓必念總理，自述必言追隨，猶可說也。若文學而說得體的話，違心之論，則何足以傳？宣言演講之刊載，非人好刊載也，強迫人刊載也，非人好讀也，畏而疑之，不得不讀也。若文學作品，汝有何官方勢力迫人刊載，汝死後有何權力，迫人傳誦乎？是汝下臺而汝文與汝共下臺，汝死而汝文與汝共死。

文章何由而來，因人要說話也。然世上究有幾許文章，那裡有這許多話？是問也，即未知文學之命脈寄托於性靈。人稱三才，與天地並列：天地造物，儀態萬方。豈獨人之性靈思感反千篇一律而不能變化乎？讀生物學者知花瓣花萼之變出無窮，清新都麗，愈演愈奇，豈獨人之性靈，處於萬象之間，雲霞呈幻，花鳥爭妍，人情事理，變態萬千，獨無一句自我心中發出之話可說乎？風雨之夕，月明之夜，豈能無所感觸，有感觸便有話有文章。惜世人為塾師所誤，文法所縛，不敢衝口而出，暢所欲言而已。拿起筆來，滿臉道學，扭妮作醜態，是以不能文也。吾心所感所憎所嗔所喜所奇所嘆何日何處無之。第因世人失性靈之旨，凡有寫作，皆不從心，遂致天下文章雖多由衷之言甚少，此文學界之所以空疏也。試取今日洋洋灑灑之社論，究有幾句話非說不可，究有幾個文人有話要向我說，便知此中之空乏。人稱三才之一，而枯乾至此，不及花鳥，豈非大奇？

二、性靈無涯

性靈派文學，主「真」字。發抒性靈，斯得其真，得其真，斯如源泉滾滾，不舍晝夜，莫能遏之。國事之大，喜怒之微，皆可著之紙墨，句句真切，句句可誦。不故作奇語，而語無不奇，不求其必傳，而不得不傳，蓋「真有性靈之言，常浮出紙上，決不與眾言伍。」（譚友夏詩歸序）不與眾言伍，斯不能不傳。袁中郎曰：「夫天下之物，孤行必不可無。必不可無，雖欲廢焉而不能。雷同則可以不有，可以不有，則雖欲存焉而不能。故吾謂今之詩文不傳矣。其萬一傳者，或今閭閻婦人孺子所唱擘破玉打草竿之類，猶是無聞無識，真人所作，故多真聲，不效顰於漢魏，不學步於盛唐，任性而發，尚能通於人之喜怒哀樂嗜好情欲，是可喜也。」（小修詩敘）學文無他，放其真而已。人能發真聲，則其窮奇變化。亦如花鳥之色澤，雲霞之變態，層出無窮，至死而後已。小修《中郎先生全集序》曰：「至於今天下之慧人才士，始知心靈無涯，搜之愈出，相與各呈其奇而互窮其變，然後人人有一段真面目溢露於楮墨之間，即方圓黑白相反，純疵錯出，而皆各有所長以垂不朽。」知心靈無涯，則知文學創作亦無涯。今日中國幾萬個作者，人人意見雷同，議論皆合聖道，誠為咄咄怪事。

三、文章孕育

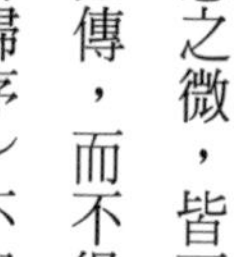

文章有卓大堅實者，有萎靡纖弱者，非關文字修詞筆法也。卓大堅實，非一朝一夕可致，必經長期孕育。世事既通，道理既徹，見解愈深，則愈卓大堅實。性靈未加培養，事理不求甚解，人云亦云，及既舒紙濡墨，然後苦索饑腸以應付之，斯流為萎靡纖弱。編《論語》時，收到稿件，每讀幾行，即知此人腹中無物，特以遊戲筆墨作荒唐文字而已。提倡幽默，亦非一朝一夕可致，非敢望馬上成功也，若刊載亦有萎靡纖弱文字，而中僅有一二句可喜者，此一時不能免之現象也。故提倡幽默，必先提倡解脫性靈，蓋欲由性靈之解脫，由道理之參透，而求得幽默也。今人言思想自由，儒道釋傳統皆已打倒，而思想之不自由如故也。思想真自由，則不苟同，不苟同，國中豈能無幽默家乎？思想真自由，文章必放異采，放異采，又豈能無幽默乎？

吾嘗謂文人作人，如婦人育子，必先受精，懷胎十月，至肚中劇痛，忍無可忍，然後出之。多讀有骨氣文章有獨見議論，是受精也。既受精矣，見月有感，或見怪有感，思想胚胎矣，乃出吾性靈以授之，出吾血液以育之，務使此兒之面目，為吾之面目。中途作官，名利纏心，則胎死。時機未熟擅自寫作，是瀉痢腹痛誤為分娩，投藥打胎，胎亦死。多閱書籍，沉思好學，是胎教。及時動奇思妙想，胎活矣，大矣，腹內物動矣，母心竊喜。至有許多話，必欲進發而後快，是創造之時期到矣。發表之後，又自誦自喜，如母牛舐犢。故文章自己的好。

四、會心之頃

一人思想既已成熟，斯可為文。然一人一日中之思想萬千，其中有可作文者，有不可作文者，何以別之？曰，在會心二字。凡可引起會心之趣者，則可為作文材料，反是則決不可。凡人觸景生情，每欲寄言，書之紙上，以達吾此刻心中之一感觸而覺湛然有味，是為會心之頃。他人讀之有同此感，亦覺湛然有味，亦系會心之頃。此種文章最為上乘。明末小品多如此。周作人先生小品之成功，即得力於明末小品，亦即得力於會心之趣也。其話衝口而出，貌似平凡，實則充滿人生甘苦味。

會心之語，一平常語耳，然其魔力甚大。似俚俗而實深長，似平凡而實閒適，似索然而實沖淡。施耐庵所謂「所發之言，不求驚人，人亦不驚，未嘗不欲人解，而人卒亦不能解者，事在性情之際，世人多忙，未嘗聞也。」（《水滸傳序》）

會心之頃，時時有之，施耐庵曰：「蓋薄莫籬落之下，五更被臥之中，垂首撚

帶，睇目觀物之際，皆有所遇。」金聖嘆曰：「詩者，人之心頭忽然之一聲耳，不問婦人孺子，晨朝夜半，莫不有之。」（《與許青嶼書》）此語與上引袁中郎「婦人孺子真聲」說正合。文人放棄此心聲，剽竊他人爛語，遂感覺無話可說，其愚孰甚？

陶靖節「采菊東籬下，悠然見南山」，是何等平常話，亦是何等佳句。李太白「舉頭望明月，低頭思故鄉」，亦是何等平常話，亦是何等佳句。吾人閱此景此情，何日無之，惜不敢見真。見真則俯仰之際，皆好文章，信心而出，皆東籬語也。

文章至此，乃一以性靈為主，不為格套所拘，不為章法所役。譚友夏《詩歸序》曰：「法不前定，以筆所至為法。趣不強括，以詣所安為趣。詞不准古，以情所迫為詞。」是謂天地間之至文。

（〔上篇〕選自一九三三年四月十六日《論語》二卷十五期）

（〔下篇〕選自一九三三年十一月一日《論語》三卷二十八期）

II・春日遊杭記

一

由梵王渡上車，乘位並不好，與一個土豪對座。這時大約九時半。開車後十分鐘，土豪叫一盤中國大菜式的西菜。不知是何道理，他叫的比我們常人叫的兩倍之多，土豪便大啖大嚼起來，我也便看他大嚼。茶房對他特別恭順。十時零六分，忽然來一杯燒酒，似乎是五茄皮。說也奇怪，十時十一分，雜碎的大菜吃完，接著是白菜燒牛肉，其牛肉至十二片之多。我益發莫名其妙了。十時二十六分，又來土司五片，奶油一碟。於是我斷定，此人五十歲時必死於肝癌。

正在思索之時，又來一位油臉而黑的中山裝少年。一屁股歪在土豪旁邊坐下，

一手把我桌上的書報茶杯推開，登時就有茶房給他一杯咖啡，一盤火腿蛋。於是土豪也遭殃了。青年的呢帽一直放在土豪席上位前。我的一杯茶，早已移至土豪面前，此時被這帽子一推，茶也溢了，桌也溢了。

我明白這是以禮義自豪之邦應有的現象，所以願以禮相終始，並不計較。排布定當，於是中山裝青年彎下他的油臉，吃他的火腿蛋。我看見他身上徽章，是什麼滬杭鐵路局的什麼員，又吃完便走，乃斷定他這碟火腿蛋一定是賄賂。這時土豪牛肉已吃到第九片，怎麼忽然不想吃了。於是咳嗽、吐痰、免冠、搔首，頗有飽欒之概。十時三十一分茶房來，問可否拿走。土豪毫不遲疑的說「等一會」。經此一提醒，土豪又狼吞虎嚥起來。這回特別快，竟於十時四十分全碟吃完。翻一翻報，臉上看不見有什麼感觸，過一會頭向桌上一歪，不五分鐘已經鼾然入寐了。我方覺得安全。由是一路無聊到杭州。

到杭州，因怕臭蟲，決定做高等華人，住西泠飯店，雖然或者因此與西洋浪人為伍，也不為意。車過浣紗路，看見一條小河，有婦人跪在河旁在浣衣，並不是浣紗。因此，想起西施，並了悟她所以成名，因為她是浣紗，尤其因為她跪在河旁浣紗時所必取的姿勢。

到西湖時，微雨。揀定一間房間，憑窗遠眺，內湖、孤山、長堤、寶俶塔、遊艇、行人，都一一如畫。近窗的樹木，雨後特別蒼翠，細草茸綠的可愛。雨細濛濛的幾乎看不見，只聽見草葉上及田陌上渾成一片點滴聲。

村屋五六座，排列山下，屋雖矮陋，而前後簇擁的卻是疏朗可愛的高樹與錯綜天然的叢蕪、蹊徑、草坪。其經營毫不費工夫，而清華朗潤，勝於上海愚園路寓公精舍萬倍。回想上海居民，家資十萬始敢購置一二畝宅地，把草地碾平，花木剪成三角、圓錐、平頭等體，花圃砌成幾何學怪狀，造一五尺假山，七尺漁池，便有不可一世之概，真要令人痛哭流涕。

二

半夜聽西洋浪人及女子高聲笑謔，吵的不能成寐。第二天清晨，我們雇一輛汽車遊虎跑（泉）。路過蘇堤，兩面湖光瀲灩，綠洲蔥翠，宛如由水中浮出，倒影明如照鏡。其時遠處盡為煙霞所掩，綠洲之後，一片茫茫，不復知是山是湖，是人間，是仙界。畫畫之難，全在畫此種氣韻，但畫氣韻最易莫如畫湖景，尤莫如畫雨

中的湖山；能攫得住此波光回影，便能氣韻生動。

在這一副天然景物中，只有一座燈塔式的建築物，醜陋不堪，十分礙目，落在西子湖上，真同美人臉上一點爛瘡。我問車夫這是什麼東西。他說是展覽會紀念塔，世上竟有如此無恥之尤的留學生作此惡孽。我由是立志，何時率領軍隊打入杭州，必先對準野炮，先把這西子臉上的爛瘡，擊個粉碎。後人必定有詩為證云：

西湖千樹影蒼蒼
獨有醜碑陋難當
林子將軍氣不過
扶來大炮擊爛瘡

虎跑在半山上，由山下到寺前的半里山路，佳麗無比。我們由是下車步行。兩旁有大樹，不知樹名，總而言之，就是大樹。路旁也有花，也不知花名，但覺得美麗。我們在小學時，學堂不教動植物學，至此吃其虧。將到寺的幾百步，路旁有一小澗，湍流而下，過崖石時，自然成小瀑布，水石潺潺之聲可愛。我看見一個父親苦勸他六歲少爺去水旁觀瀑布。這位少爺不肯。他說水會噴濕他的長衫馬褂，而且泥土很髒。他極力否認瀑布有什麼趣味。我於是知道中國非亡不可。

到寺前，心不由主的念聲阿彌陀佛，猶如不信耶穌的人，口裡也常喊出「O Lord」。虎跑的茶著名，也就想喝茶，覺得甚清高。當時就有一陣男女，一面喝茶，一面照相，倒也十分忙碌。有一位為要照相而作正在舉杯的姿勢。可是攝後並不看見他喝。但是我知道將來他的照片簿上仍不免題曰「某月日靜廬主人虎跑啜茗留影」。這已減少我飲茶的勇氣。忽然有小和尚問我要不要買茶葉。於是決心不飲跑虎茶而起。

虎跑有二物：遊人不可不看，一、茅廁、二、茶壺，都是和尚的機巧發明。虎跑的茶可不喝，這茶壺卻不可不研究。歐洲和尚能釀好酒，難道虎跑的和尚就不能發明個好茶壺？（也許江南本有此種茶壺，但我卻未看過。）茶壺是紅銅做的，式樣與家用茶壺同，不過特大，高二尺，徑二尺半，上有兩個甚科學式的長囪。壺身中部燒炭，四周便是盛水的水櫃。壺耳、壺喝俱全，只想不出誰能倒得動這笨重茶壺。我由是請教那和尚。和尚拿一白鐵鍋，由缸裡挹點泉水，倒入一長囪，登時有開水由壺嘴流溢出來了。我知道這是物理學所謂水平線作用，涼水下去，開水自然

外溢，而且涼水必下沉，熱水必上升，但是我真無臉向他講科學名詞了。這種取開水法既極簡便，又有出便有入，壺中水常滿，真是兩全之策。

三

我每回到西湖，必往玉泉觀魚，一半是喜歡看魚的動作，一半是可憐他們失了優游深潭浚壑的快樂。和尚愛魚放生，何不把他們放入錢塘江，即使死於非命，還算不負此一生。觀魚雖然清高，總不免假放生之名，行利己之實。

觀魚之時，有和尚來同我談話。和尚河南口音，出詞倒也溫文爾雅。我正想素食在理論上雖然衛生，總沒看見過一個顏色紅潤的和尚，大半都是面黃肌瘦，走動遲緩，明系滋養不足。

因此又聯想到他們的色欲問題，便問和尚素食是否與戒色有關係。和尚看見同行女人在座，不便應對，我由是打本鄉話請女人到對過池畔觀魚，而我們大談起現代婚姻問題了。因為他很誠意，所以我想打聽一點消息。

「比方那位紅衣女子，你們看了動心不動心呢？」

我這粗莽一問，卻引起和尚一篇難得的獨身主義的偉論。大意與柏拉圖所謂哲學家不應娶妻理論相同。

「怎麼不動心？」他說。「但是你看佛經，就知道情欲之為害。目前何嘗不樂？過後就有許多煩惱。現在多少青年投河自盡，為什麼？為戀愛；為女人！現在多少離婚，怎麼以前非她不活，現在反要離呢？你看我，一人孤身，要到泰山、妙峰山、普渡、汕頭，多麼自由！」

我明白，他是保羅、康德、柏拉圖的同志。叔本華⑭許多關於女人的妙論，還不是由佛經（編按．即古印度的《奧義書》）得來的？正想之間，忽然寺中老媽經過，我倒不注意，虧得和尚先來解釋：

「這是因為寺中常有香客家眷來歇，伺候不便，所以雇來跟香客灑掃的。」其實我並不懷疑他，而叔本華柏拉圖向來並不反對女人灑掃。

（選自一九三三年五月十六日《論語》二卷十七期）

---

⑭ 叔本華：德國哲學家（一七八八～一八六〇），唯意志論者。著有《人生的智慧》《作為意志與表象的世界》。

12・論政治病

曲齋老人解「父母惟其疾之憂」，說要人常患政治病，病就是下臺，所以做父母的每引為憂。我想政治病，雖不可常有，亦不可全無。姑把意見，寫下來如左：

我近來常常感覺，平均而論，在任何時代，中國的政府裡頭的血虧，胃滯，精神衰弱，骨節酸軟多愁善病者，總比任何其他人類團體多，病院，療養院除外。自袁世凱之腳氣，至孫中山之肝癌，以及較小的人物所有內外骨皮花柳等科的毛病合起來，幾乎可充塞任何新式醫院，科科住滿，門門齊備了。在要人下野電文中比較常見的，我們可以指出：腦部軟化，血管硬化，胃弱，脾虧，肝膽生石，尿道不通，牙蛀，口臭，眼紅，鼻流，耳鳴，心悸，脈跳，背癰，胸痛，盲腸炎，副睾丸炎，糖尿，便閉，痔漏，肺癆，腎虧，喇叭管炎，……還有更文雅的，如厭世，信佛，思反初服，增進學問，出洋念書，想媽媽等（毛病就在古文的不是，「養痾」二字若不是那樣風雅，就很少人要生病了。）……總之，人間世上可有之病，五官臟肺可反之常，應有盡有了。只有婦科不大有，其理由是中國女子上臺下臺者尚少，不然一定子宮下墜，卵巢左傾等等，也都不至無人過問了。同時一人可以兼有數病，而精神衰弱必與焉。

我已說過，政治病雖不可常有，亦不可全無。各人支配一二種，時到自有用處。凡上臺的人，都得先自打算一下：我是要選那一種呢？病有了，上臺後，就有恃無恐，說話聲音可以放響亮些。比方你是海軍總長，而想提出擴充海軍增加預算的議案在閣議上通過，你若沒有膀胱發炎或是失眠症，那個預算便十九沒有通過的希望。假定你膀胱不能發炎，而財政部長卻能血管硬化（血壓太高），他便佔優勢，而你立下風了，財政部長要對你說：「在這國帑空虛民窮財盡之時，你若堅執增加預算，我只好血壓增高而辭職了。」那時你有什麼辦法？但假使你有膀胱發炎，你便有法寶在身了。你說：「你真不給我錢，我膀胱就得發炎了。」這樣旗鼓相當，財政部長，遂亦無話可說。此時行政院長，若有點機智，他必拉你在旁附耳說：「老兄，你也不必這樣堅持，財某的脾氣是你所曉得的。我上回風濕都壓不住他。他說要血壓高，就一定血壓高起來，在這外攻內患之時，大家應當精誠團結才好。所以兄弟說，你也不必堅執膀胱炎不炎了。改為失眠何如？你到湯山靜養幾

天，而我也勸勸財某血壓不要一定高，改為感冒，和衷共濟，大事化為小事，小事化為無事，不就得了嗎？」不一會，你已經驅車直出和平門（？）在湯山的路上了，而那海軍預算提案也正在作宰予的晝寢（編按：指正在睡午覺了）。

我並非說，我們的要人的病都是假的。患痔漏的要人，委實痔漏，怔忡症的政客也委實怔忡。我知道閻錫山真正患過長期痢疾，那是阿米巴作祟。社會已經默認痢疾是閻先生的專門了，而我並不反對。同樣的，馮玉祥上泰山時，也真正有咳嗽。我們所要指出的是，凡要人都應該有相當的病菌蘊伏著，可為不時之需，下野時才有貨真價實的病症及醫生的證書可以昭示記者。假定我做官，我不想發糖尿，尿而可糖，未免太笑話，西醫的話本來就靠不住。大概腸胃中任何症都使得。我打算要有一個完全暴棄的脾胃及頹唐萎靡的神經。

我所以取消化病者，有以下的理由。做了官，這種病必定會發的，而且也合乎「吾從眾」的古訓。自然，我此刻有十分健全的脾胃，除了橡皮鞋以外，咽得下去的保管消化得來。但是無論你先天賦與的脾胃怎樣好，也經不起官場酬應中的糟塌。我知道，做了官就不吃早飯，卻有兩頓中飯，及三四頓夜飯的飯局。平均起來，大約每星期有十四頓中飯，及廿四頓夜飯的酒席。知道此，就明白官場中肝病胃病腎病何以會這樣風行一時。所以，政客食量減少消化欠佳絕不稀奇。

我相信凡官僚都貪食無厭；他們應該用來處理國事的精血，都挪起消化燕窩魚翅肥鴨燜雞了。據我看，除非有人肯步黃伯樵、馮玉祥的後塵，減少碗菜，中國政客永不會有精神對付國事的。我總不相信，一位飲食積滯消化欠良的官僚會怎樣熱心辦公救國救民的。他們過那種生活，肝胃若不起了變化，不是奇事。我意思不過勸勸他們懂一點衛生常識，並提醒他們，腎部操勞過甚，是不利於清爽的頭腦的。有人說譚延闓滿腹經綸，我卻說他滿腹燕窩魚翅。譚公為什麼死啊？

閒話不提，總而言之，我們政府中比世界任何政府中較多團結，腳氣，肺癆，痔漏，神經衰弱，肚腸傳染，膀胱發炎，腎部過勞，脾胃虧損，肝部生癌，血管硬化，腦汁糊塗的人物，人人在鞠躬盡瘁為國捐軀帶病辦公，人人皮包裡公文中夾雜一張醫生驗症書，等待相當時機，人人將此病症書招示記者趕夜車來滬，進滬西上海療養院「養痾」去。療養院的外國醫生那裡知道那早經傳染的髒肺及富於黴菌的尿道，是他們政治上鬥爭的武器及失敗後撒嬌的仙方。

（選自一九三三年十月十六日《論語》三卷二十七期）

13・我怎樣買牙刷

也許我應先敘述我何以有買牙刷的問題發生。幼時，不管有無牙刷，我是很快樂的。也記不清我幼時倒底用過牙刷沒有。這種問題，於幼童的世界是不算一回事，而且於西歐常在床上早餐的貴族階級也是不算一回事；只有在知書識字一知半解的中等階級（無論何國），卻常常發生而很普遍。

閒話休提，不管我幼時有沒有用過牙刷，我總是一直長大康健起來。我那時還不曾見過有刷毛不齊作犬牙狀而末加一簇長毛的「預防」牌（Prophylactic）衛生文明牙刷，所以不曾上當，而心中也未嘗有過絲毫的焦慮。如今才曉悟現代廣告的欺騙我輩讀書人，真要令人思之慨然，欲起而作一種社會革命了。

我得先聲明本篇的主旨，並不是叫人不可買牙刷，只是說任何人應當可以用一角錢一支的牙刷刷淨他的牙齒，假定他用充量的水。這一點事都做不來，還能算是個男子嗎？Sinclair Lewis 在他的傑作 Arrowsmith，挖苦紐約某座基金極充足設備極富麗的醫學研究所（McGurke Institute），說凡是真正科學家，都可以把自己屋頂的小房充當做研究所；你給他幾根牙籤幾個玻璃管，他便可以研究發明起來。假定這句話不錯（凡真正科學家都心中明白所言是實），那末紐約醫學研究所的潔白磁盆及光亮奪目的儀器的用處，不過是使捐助基金的人自己得意，及使幾個不會發明不會創造的研究員自己解嘲吧？James Watt 發明蒸汽機，先只靠一隻茶壺。愛迪生少時發明就在一間後院的茅屋；Mrs. Stowe 寫她的傑作 Uncle Tom's Cabin 是用包裹黃紙做稿紙；Franz Schubert 做他的 Hark Hark the Lark 歌曲也是寫在信封後面。是的，偉大的發明不會由基金充足設備富麗的 McGurke Institute 出來的。

事實上，我的牙醫朋友已經偷偷的告訴我，據他的專門經驗而言，許多非買 Prophy lactic 牙刷不可的有錢太太，根本就不懂得這牙刷的用法。這些有錢的太太們，正像李格（Stephen Leacock）所嘲謔的西方銀行家，出門避暑，想到釣魚，必另買一雙涉水的高皮靴，另做一件不怕風雨的大衣，買到一根值十幾元錢的，掛有轉輪的，科學式的漁竿去釣魚去。但是李格氏問，這些銀行家會釣上魚嗎？真正的漁人，你只消給他一根竹竿，一條懸鉤，他總會釣得魚出來給你看。刷牙的道理也

無過如此。

但是這些平常道理，是我經過三年苦心研究最適宜科學最衛生最文明的牙刷的經驗，才研究出來。上邊已經說過，我幼時是很快樂自在的。我並不要用牙刷，也不管牙刷上面之彎形角度是否與我的齒沿的圓弧相合與否。直到在某校時候，認識一位校醫，才失了我天真的快樂（這位校醫不久以前已經自殺）。他竟然告訴我：世上有這種毛病叫做齒齦膿腫，秘穴潰爛，文生博士病（Vincent's disease）等。像一切中等階級，我一面增加知識，一面恐慌起來。他說世上毛病，什九（編按・指絕大多數）是由牙齒不潔來的。而且秘穴所生之毒質，如不及早覺察醫治，簡直可以傳入腦部，令人發狂——我簡直可以進瘋人院。從此以後，我便不復知平安快樂日子了，而從此我便開始研究最適宜最科學最文明最衛生的牙刷了。荏苒於今，已曆三載，到了今日，才一無所得，空手回來。

不讀書的人，總以為牙刷只是一根刷子，而要使用方便功效起見，刷毛應該是整齊的，與毛刷，衣刷，靴刷相同，正如一隻椅子，總應該是四足齊平才合理，但是我生性有科學的好奇心，很注意有什麼新奇花樣。因為我正在尋求什麼新奇的牙刷，看見預防牌的刷毛不齊，呈犬牙狀，末端又有高起的一簇刷毛，遂引起我的注意，猶如我現在看見一隻三足短一足長的凳子，也會特別注意，我看見說明書，說這刷毛毛面呈向內彎的形狀，與我齒沿向外彎的弧形相合，覺得很有道理，遂即刻決定「這是我最合理最科學的牙刷了」。那時我選定的，是一根刷柄向內彎三十度的牙刷。過後也曾買過一支刷柄向外彎三十度的牙刷，而並沒遇見什麼不測風雲。於是使我猜疑，也許不向外亦不向內彎的直的刷柄才是最合理化的牙刷吧？

但是事實上，在兩年中，我是預防牌的信徒，輕易不改我的主張，雖然我已覺察，只有末端高出的一簇毛是用得著的，因為他部的毛萬不會與牙齒接觸。恰巧有一天，我的叔父死了，遺留三百元給我浪費。我就想到牙刷問題。我跑進一間藥房，由腰包裡掏出一張五元鈔票，擲在櫃上，叫夥計將市上最高貴的牙刷給我。夥計拿來的是韋思脫大醫生的牙刷（Dr. West’s），價錢一元三角。不看猶可，一看我就恐慌起來。難道我兩年來專受廣告的欺弄嗎？因為我發見這最文明最科學的牙刷刷毛的面是向外凸出，而不是向內凹進的弧形，正與我所相信的老牌相反；我發見這科學最近發明的成績，末端並沒有一簇高出的毛，反是兩端毛短，中間毛長；說明書又告訴我韋思脫博士經過多年的試驗，得到一個結論，說只有向外彎的牙刷才能與齒沿的內部的弧形相合。這有點像聽見牛頓與恩斯坦各持異論，不免疑心有

一人是錯的。我帶回這韋斯脫博士試驗的結論回來，一刷，發見不但齒齦的內沿刷得到，就是齒齦的外沿也一樣的刷得到。我始恍然大悟。一跑出去，到最近的雜貨鋪用二十五個銅子買一支廣東製造的平面直柄牙刷。回來之後用起來，感覺有刷毛整齊的牙刷刷過齒上的一種三年來所未有的快樂。這就是我從小長大健康快樂時所用的牙刷。

假如我買文明牙刷的這段歷史像一幕悲劇，那末我尋求文明牙膏的經驗，真如同一部一百二十四回小說。那些各牌牙膏、牙粉、牙水互相攻訐的廣告，讀了真令人眼花撩亂。簡單的敘述起來，各種牙膏、牙粉，牙水我先後都已用過。我的經驗包括 Dr. Lyon、s Powder, Sozodont, Squinb's Dental Magaeria, Pepsodent, Chlorodont, Kolynos, Colgate, Listerine, Euthymol, Ipana 各牌（家家說「惟我此家」貨色是不害牙齒的）。我覺得用起來，無論那一家都是一樣，都不能傷損我生成潔白無疵的牙齒。我看見過化學室化驗的證書，說某種牙齒膏於幾秒鐘能殺死幾百萬微菌（後來有醫生告訴我，此家消毒水殺菌力不及鹽水）；有某家廣告警告我「當心粉紅的牙刷，」說是用錯牙膏，齒齦膿潰的先兆（其實刷時用力，齒齦微出血，是當然的事）；有的廣告警告我，市上牙膏什九是完全無用的。我曾經因為見到有家廣告說不可用牙粉，會傷牙齒，起了恐慌，置而不用，後來又看見 Dr. Lyon's 的廣告，說非牙粉刷不乾淨（要學牙科醫生給你刷牙時的榜樣——用牙粉），乃又起恐慌，又起而用之。我曾經受 Jambert 醫藥公司的誘惑，說用利思特靈（Listerine）的牙膏一年中省下來的錢可以購買以下任何物品之一種：「七磅牛排；八磅火腿；八磅小羊排；兩隻雞；十二條咖啡卷；十瓶果漿；二十包麵粉；三十罐頭空心粉……」然而，用了一年之後，並不見得我的太太贈我這些禮物。

幸而不久我見出破綻了。有一回 Colgate，大約是良心責備，十分厭倦這些欺人的廣告，出來登一特別廣告，問人家：「你因看見廣告而受恐慌嗎？」並說一句老實話：「牙膏的唯一作用只是洗淨你的牙而已。」我想上天的意思也委實如此而已。這是初次的醒悟。第二次的醒悟，是看見 Pepsodent 的廣告，更加良心發現，更顯明的厭倦那些欺人的廣告，公然說；「使你的牙齒健全的，並不是牙膏——是菠菜啊！」我真氣炸了肺，一直跑去問一位牙科的朋友，請教他「到底牙膏有什麼用處？」他只笑而不說。我知道他的心裡在說「你可憐的中等階級啊！」我要求一個明白答覆。

「什麼！」我喊出來。「至少牙膏總能夠洗淨牙齒，不是嗎？」

「老兄啊！」他拍我的肩膀發出憐惜之意說。「你要明白，洗淨你的牙齒是水及牙刷啊！牙膏不過使你洗時較覺芬香可口而像煞有价事而已。」

「那麼，用一兩點香蕉露也可以嗎？」

「虧得你想出來！」朋友轉憐為笑，嘆一口氣說。

我們兩人緊握雙手，宛如手中握住一件天知地知爾知我知宇宙間的大秘密。

（選自一九三三年十二月一日《論語》三卷三十期）

14・有不為齋解

有客問「有不為齋」齋名用意何在，到底何者在所不為之列，這一問，倒給我發深省了。原來士人書齋取名都頗別致。一派是經師派，如「抱經」，「揅經」，「詁經」，「潛研」之類。一派是名士派，所名多有詩意，如「涵芬」，如「庸閒」，如「雙梅影」，如「水流雲在」，如「仰視千七百二十九鶴」等。一派是紀事的，如「三希」，如「鐵琴銅劍」等。又一派是言志的，如「知不足」，「有恆心」，「知未信」；這些都帶有點道學氣味，而「有不為」恐怕只好歸入此派。

亦有言志而只用一字表出的，非常古雅，如「藏園」「憶園」「曲園」「寄園」等。這大概是已有園宅階級，所以大可以潔身自好，與世無爭了。雖然這名有時也靠不住，如租界上有村曰「耕讀」，貧民窟有里曰「餘慶」，野雞巢有坊曰「貞德」，甚至大馬路洋灰三樓上來一個什麼「山房」，棋盤街來一個「掃葉」，

本不是不可能的事。橫豎不過起一個名而已，我們中國人想。

「有不為」是有點道學氣，我已說過。看來似乎反康有為，而事實不然。因為世上名稱愈相反的，氣質愈相近。試將反康與擁康者相比，反康營中曾經擁康者十有其六，而擁康黨裡曾經反康者，亦十有其八。如貞德坊之野雞，慶餘里之貧民，原來不過也是說說叫得好聽而已。所以如孟子所說，有所不為然後可以有為，正可證明物極必反的道理。但是一人總有他所不為的事。朋友這樣一問，使我不得不自己檢討一下。當時既不留心，盤查起來，倒也很有意思。我恍惚似已覺得，也許我一生所做過許多的事，須求上帝寬宥，倒是所未做的事，反是我的美德。

茲將所想到，拉雜記下如左：

我不曾穿西裝革履到提倡國貨大會演說，也不曾坐別克汽車，到運動會鼓勵賽跑，並且也不曾看得起做這類事的人。

我極惡戶外運動及不文雅的姿勢，不曾騎牆，也不會翻筋斗，不論身體上，魂靈上，或政治上，我連觀察風勢都不會。

我不曾寫過一篇當局嘉獎的文章，或是撰過一句士大夫看得起的名句，也不曾起草一張首末得體同事認為滿意的宣言。

也不曾發，也不曾想發八面玲瓏的談話。

我有好的記憶力，所以不曾今天說月亮是圓的，過一星期說月亮是方的。

我不曾發誓抵抗到底背城借一的通電，也不曾作愛國之心不敢後人的宣言。也不曾驅車至大學作勸他人淬勵奮勉作富貴不能淫威武不能屈的訓辭。

我不曾誘姦幼女，所以不曾視女學生為「危險品」，也不曾跟張宗昌維持風化，禁止女子遊公園。

我不曾捐一分錢幫助航空救國，也不曾出一銅子交賑災委員賑災，雖然也常掏出幾毛錢給鬚髮斑白的老難民，或是美麗可愛的小女丐。

我不曾崇孔衛道，徵仁捐，義捐，抗×救國捐，公安善後捐，天良救國捐。我不曾白拿百姓一個錢。

我不好看政治學書，不曾念完三民主義，也不曾於靜默三分時，完全辦到叫思想聽我指揮。

我不曾離婚，而取得學界領袖資格。

我喜歡革命，但永不喜歡革命家。

我不曾有面團團一副福相，欣欣自得，照鏡子時面上未嘗不紅泛而有愧色。

我不曾吆喝傭人，叫他們認我是能賺錢的老爺。我家老媽不曾竊竊私語，讚嘆她們老爺不知錢從那裡來的。

我不曾容許僕役買東西時義形於色、克扣油水，不曾讓他們感覺給我買物取回扣，是將中華民國百姓的錢還給百姓。

我不曾自述豐功偉績，送各報登載，或是叫秘書代我撰述送登。也不曾訂購自己的放大照相分發兒子，叫他們掛在廳堂紀念。

我不曾喜歡不喜歡我的人，向他們做笑臉。我不曾練習涵養虛偽。

我極惡小人，無論在任何機關，不曾同他們鈎心鬥角，表示我的手腕能幹。我總是溜之大吉，因為我極惡他們的臉相。

我不曾平心靜氣冷靜頭腦的討論國事，不曾做正人君子學士大夫道學的騙子。

我不曾拍朋友的肩膀，作慈善大家，被選為扶輪會員。我對於扶輪會同對於青年會態度一樣。

我不曾禁女子燙頭髮，禁男子穿長衫，禁百姓賽龍舟，禁人家燒紙錢，不曾衛道崇孔，維持風化，提倡讀經，封閉醫院，整頓學風，射殺民眾，捕舞女，捧戲子，唱京調，打麻將，禁殺生，供大王，掛花車，營生壙，築洋樓，發宣言，娶副室，打通電，盜古墓，保國粹，賣古董，救國魂，偷古物，印佛經，禁迷信，捧班禪，貼標語，喊口號，主抵抗，舉香檳，做證券，談理學……

（選自一九三三年十二月十六日《論語》三卷三十期）

15·論西裝

許多朋友問我為何不穿西裝。這問題雖小，卻已經可以看出一人的賢愚與雅俗了。倘是一人不是俗人，又能用點天賦的聰明，兼又不染季常癖，總沒有肯穿西裝的，我想。在一般青年，穿西裝是可以原諒的，尤其是在追逐異性之時期，因為穿西裝雖有種種不便，卻能處處受女子之青睞，風俗所趨，佳人所好，才子自然也不能免俗。至於已成婚而子女成群的人，尚穿西裝，那必定是他仍舊屈服於異性的徽記了。人非昏聵，又非懼內，決不肯整日價掛那條狗領而自豪。在要人中，懼內者好穿西裝，這是很鮮明彰著的事實。也不是女子盡喜歡作弄男子，令其受苦。不過多半的女子似乎覺得西裝的確較為摩登一等。況且即使有點不便，為伊受苦，也是愛之表記。

古代英雄豪傑，為著女子赴湯蹈火，殺妖斬蛇，歷盡苦辛以表示心跡者正復不少。這種女子的心理的遺留，多少還是存在於今日，所以也不必見怪。西裝只可當為男子變相的獻殷勤罷了。不過平心而論，西裝之所以成為一時風氣而為摩登士女所樂從者，唯一的理由是，一般人士震於西洋文物之名而好為效顰；在倫理上，美感上，衛生上是決無立足根據的。

不知怎樣，中裝中服，暗中是與中國人之性格相合的，有時也從此可以看出一人中文之進步。滿口英語，中文說得不通的人必西裝，或是外國騙得洋博士，羽毛未乾，念了三兩本文學批評，到處橫衝直撞，談文學，釘女人者，亦必西裝。

然一人的年事漸長，素養漸深，事理漸達，心氣漸平，也必斷然棄其洋裝，還我初服無疑。或是社會上已經取得相當身分，事業上已經有相當成就的人，不必再服洋裝以掩飾其不通英語及其童騃之氣時，也必斷然卸了他的一身洋服。

所有例外，除有季常癖者（怕老婆的人），也就容易數得出來，洋行職員，青年會服務員及西崽為一類，這本不足深責，因為他們不但中文不會好，並且名字就是取了約翰，保羅，彼得，Jimmy 等，讓西洋大班叫起來方便。再一類便是月薪百元的書記，未得差事的留學生，不得志之小政客等。華僑子弟，黨部青年，寓公子侄，暴富商賈及剃頭師父等又為一類，其穿西裝心理雖各有不同，總不外趨俗兩字

而已，如鄉下婦女好鑲金齒一般見識，但決說不上什麼理由。

在這一種俗人中，我們可以舉溥儀為最明顯的例子。我猜疑著，像溥儀或其妻一輩人必有鑲過金齒，雖然在照片上看不出。你看那一對藍（黑）眼鏡，厚嘴唇及他的英文名字「亨利」，也就可想而知了。所以溥儀在日本天皇羽翼之下，盡可稱皇稱帝。到了中國關內想要復辟，就有點困難。單那一套洋服及那英文名字就叫人灰心。你想「亨利、亨利」，還像個中國天子之稱嗎？

大約中西服裝哲學上之不同，在於西裝意在表現人身形體。而中裝意在遮蓋身體。然而人身到底像猴孫，脫得精光，大半是不甚美感，所以與其表揚，毋寧遮蓋。像甘地及印度羅漢之半露體，大半是不能引人生起什麼美感的。只有沒有美感的社會，才可以容得住西裝。

誰不相信這話，可以到紐約 Coney Island 的海岸，看看那些海浴的男婦老少的身體是怎樣一回事。裸體美多半是畫家挑出幾位身材得中的美女畫出來的，然而在中國之畫家，已經深深覺得身段勻美的模特兒之不易得了。所以，二十至三十五歲以內的女子西裝，我還贊成，因為西裝確可極量表揚其身體美，身材輕盈，肥瘦停勻的女子服西裝，的確占了便宜。然而我們不能不為大多數的人著想，像紐約終日無所事事髀肉復生的四十餘歲貴婦，穿起夜服，露其胸背，才叫人觸目驚心。這種婦人穿起中服便可以藏拙，占了不少便宜。因為中國服裝是比較一視同仁，自由平等，美者固然不能儘量表揚其身體美於大庭廣眾之前，而醜者也較便於藏拙，不至於太露形跡了，所以中服很合於德謨克拉西（民主）的精神。

以上是關於美感方面。至於衛生通感方面，更無足為西裝置辯之餘地。狗不喜歡帶狗領，人也不喜歡帶上那西裝的領子，凡是稍微明理的人都承認這中古時代Sir Walter Raleigh, Cardinal Rioheliou等傳下來的遺物的變相是不合衛生的。西方就常有人立會宣言，要取消這條狗領。西洋女裝在三十年來的確已經解放不少，但是男子服裝還是率由舊章，未能改進，男子的頸子，社會總還認為不美觀不道德，非用領子扣帶起來不可。帶這領子，冬天妨礙禦寒，夏天妨礙通氣，而四季都是妨礙思想，令人自由不得。文士居家為文，總是先把這條領子脫下，居家而尚不敢脫領，那便是懼內之徒，另有苦衷了。

自領以下，西裝更是毫無是處。西人能發明無線電飛機，卻不能了悟他們身體只有頭面一部尚算自由。穿西裝者，必穿緊封皮肉的貼身衛生裡衣，叫人身皮膚之毛孔作用失其效能。

中國衣服之好處，正在不但能通毛孔呼吸，並且無論冬夏皆寬適如意，四通八達，何部癢處，皆搔得著。西人則在冬天尤非穿刺身之羊毛裡衣不可。衛生裡衣之衣褲不能無褶，以致每堆積於腹部，起了反抗，由是不能不改為上下通身一片之union suit。裡衣之外，必加以襯衫，襯衫之外，必束以緊硬的皮帶，使之就範，然就範不就範就常成了問題。

穿禮服硬襯衫之人就知道其中之苦處。襯衫之外，又必加以背心。這背心最無道理，寬又不是，緊又不是，須由背後活動鈎帶求得適宜之中點，否則不是寬時空懸肚下，便是緊時妨及呼吸。凡稍微用腦的人，都明白人身除非立正之時，胸部與背後之直線總有不同，俯前則胸屈而背伸，仰後則胸伸而背屈。然而西洋背心偏偏是假定胸背長短相稱，不容人俯仰於其際。惟人既不能整日挺直，結果非於俯前時，背心不得自由而褶成數段，壓迫呼吸，便是於仰後時，背心盡處露出，不能與褲帶相銜接。其在體材胖重的人，腹部高起之曲線既無從隱藏，背心之底下盡處遂成為那弧形之最向外點，由此點起，才由褲腰收斂下去，長此暴露於人世，而褲帶也時時刻刻岌岌可危了。人身這樣的束縛法，難怪西人為衛生起見，要提倡裸體運動，屏棄一切束縛了。

但是如果人類還是爬行動物，那褲帶也不至於成為岌岌可危之勢。只消像馬鞍的腹帶，綁上便不成問題，決不上下於其間。但人類雖然已經演化到豎行地步，西洋褲帶卻仍就假定我們是爬行動物。婦人墮胎常就是吃這豎行之虧，因為人類的行走雖然已取立勢，而吾人腹部的肌肉還未演化改造過來，以致本為爬行載重於橫脊骨上之極穩重設置，遂發生時有墮胎之危險。現在立勢既成，婦人腹部肌肉卻仍是橫紋，不是載重於肩旁。而男人之褲帶也一樣的有時時不得把握之勢而受地心吸力所影響。唯一補救的辦法，就是將褲帶拼命扣緊，致使妨礙一切臟腑之循環運動，而間接影響於呼吸之自由。

單這一層，我們就可以看出將一切重量載於肩上令衣服自然下垂的中服是唯一的合理的人類的服裝。至於冬夏四時之變易，中服得以隨時增減，西裝卻很少商量之餘地，至少非一層裡衣一層襯衫一層外衣不可。天炎既不可減，天涼也無從加。這種非人的衣服，非欲討好女子的人是決不肯穿來受罪的。

中西服裝之利弊如此顯然，不過時俗所趨，大家未曾著想，所以我想人之智愚賢不肖，大概可以從此窺出吧？

（選自一九三四年四月十六日《論語》三卷三十九期）

16・言志篇

古人言士各有志，不過言志並不甚易。在言志時，無意中還是「載道」，八分為人，二分為己，所以失實，況且中國人有一種壞脾氣，留學生煉牛皮，必不肯言煉牛皮之志，而文之曰「實業救國」。假如他的哥哥到美國學農業，回來開牛奶房，也不肯言牛奶房之志，只說是「農村立國」。

《論語》言志篇，子路，冉求，公西華，各有一大篇栽道議論，雖然經「夫子哂之」，一點也尚不敢率爾直言，須經夫子鼓勵一番，謂「何傷乎？亦各言其志也！」始有「春服既成」一段真正言志的話。不圖方巾氣者所必吐棄之小小志尚，反得孔子之讚賞。孔子之近情，與方巾氣者之不近情，正可於此中看出。此姑且撇過不談。常言男子志在四方，實則各人於大志之外，仍不免有個人所謂理想生活。要人掛冠，也常有一番言志議論，便是言其理想生活。或是歸田養母，或是出洋留學，但這也不過一時說說而已。向來中國人得意時信儒教，失意時信道教，所以來去出入，都有照例文章，嚴格的言，也不能算為真正的言志。

據說古希臘有聖人代阿今尼思（即第歐根尼），一日正在街上滾桶中曬日，遇見亞力山大帝來問他有何所請。代阿今尼思客氣的答曰：請皇帝稍為站開，不要遮住太陽，便感恩不盡了。這似乎是代阿今尼思的志願。他是一位清心寡欲的人，冬夏只穿一件破衲，坐臥只在一隻滾桶中。他說人的欲願最少時，便是最近於神仙快樂之境。他本有一只飲水的杯，後來看見一孩子用手掬水而飲，也就毅然將杯拋棄，於是他又覺得比前少了一種掛礙更加清淨了。

代阿今尼思的故事，常叫人發笑，因為他所代表的理想，正與現代人相反。近代人是以一人的欲願之繁多為文化進步的衡量。老實說，現代人根本就不知他所要的是什麼。在這種地方，發見許多矛盾，一面提倡樸素，又一面捨不得洋樓汽車。有時好說金錢之害，有時卻被財魔纏心，做出許多尷尬的事來。現代人聽見代阿今尼思的故事，不免生羨慕之心，卻又捨不得要看一張真正好的嘉賓的影片。於是乃有所謂言行之矛盾，及心靈之不安。

自然，要爽爽快快打倒代阿今尼思主張，並不很難。第一，代阿今尼思生於南

歐天氣溫和之地。所以寒地女子，要穿一件皮大氅，也不必於心有愧。第二，凡是人類，總應該至少有兩套裡衣，可以替換。在書上的代阿今尼思，也許好像一身仙骨，傳出異香來，而在實際上，與代阿今尼思同床共被，便不怎樣爽神了。第三，將這種理想貫注於小學生腦中，是有害的，因為至少教育須養成學子好書之心，這是代阿今尼思所絕對不看的。第四，代阿今尼思生時，尚未有電影，也未有 Mickey Mouse 的滑稽影戲畫，無論大人小孩說他不要看 Mickey Mouse，一定是已失其赤子之心，這種朽腐的魂靈，再不會於吾人文化有什麼用處。

總而言之，一人對於環境，能隨時注意，理想興奮，欲願繁複，比一枯槁待斃的人，心靈上較豐富，而於社會上也比較有作為。乞丐到了過屠門而不大嚼時，已經是無用的廢物了。諸如此類，不必細述。

代阿今尼思所以每每引人羡慕者，毛病在我們自身。因為現代人實在欲望太奢了，並且每不自知所欲為何物。富家婦女一天打幾圈麻將，也自覺麻煩。電影明星在燈紅酒綠的交際上，也自有其覺到不勝煩燥，而只求一小家庭過清淨生活之時。朝朝寒食，夜夜元宵之人，也有一旦不勝其膩煩之覺悟。若西人百萬富翁之青年子弟，一年渡大西洋四次，由巴黎而南美洲，而尼司，而紐約，而蒙提卡羅，實際上只在躲避他心靈的空虛而已。這種人常會起了一念，忽然跑入僧寺或尼姑庵，這是報上所常見的事實。

我想在各人頭腦清淨之時，盤算一下，總會覺得我們決不會做代阿今尼思的信徒，總各有幾樣他所求的志願。我想我也有幾種願望，只要有志去求，也並非絕不可能的事。要在各人看清他的志操，有相當的抱負，求之在己罷了。這倒不是外方所能移易。茲且舉我個人理想的願望如下，這些願望十成中能得六七成，也就可算為幸福兒了。

我要一間自己的書房，可以安心工作。並不要怎樣清潔齊整。不要一位 Story of San Michele 書中的 Madamoiselle Agathe，拿她的揩布到處亂揩亂擦。我想一人的房間，應有幾分凌亂，七分莊嚴中帶三分隨便，住起來才舒服，切不可像一間和尚的齋堂，或如府第中之客室。天羅板下，最好掛一盞佛廟的長明燈，入其室，稍有油煙氣味。此外，又有煙味，書味，及各種不甚了了的房味，最好是沙法上置一小書架，橫陳各種書籍，可以隨意翻讀。

種類不要多，但不可太雜，只有幾種心中好讀的書，及幾次重讀過的書——即使是天下人皆詈為無聊的書也無妨。不要理論太牽強板滯乏味之書，但也沒什麼一

定標準，只以合個人口味為限。西洋新書可與《野叟曝言》雜陳，《孟德斯鳩》可與《福爾摩斯》小說並列。不要時髦書，……T. S. Elliot, Jame Joyces 等，袁中郎有言，「讀不下去之書，讓別人去讀」便是。

我要幾套不是名士派但亦不甚時髦的長褂，及兩雙稱腳的舊鞋子。居家時，我要能隨便閒散的自由。雖然不必效顧千里裸體讀經，但在熱度九十五以上之熱天，卻應許我在傭人面前露了臂膀，穿一短背心了事。我要我的傭人隨意自然，如我隨意自然一樣。我冬天要一個暖爐，夏天一個澆水浴房。

我要一個可以依然故我不必拘牽的家庭。我要在樓下工作時，聽見樓上妻子言笑的聲音，而在樓上工作時，聽見樓下妻子言笑的聲音。我要未失赤子之心的兒女，能同我在雨中追跑，能像我一樣的喜歡澆水浴。我要一小塊園地，不要有遍鋪綠草，只要有泥土，可讓小孩搬磚弄瓦，澆花種菜，餵幾隻家禽。我要在清晨時，聞見雄雞喔喔啼的聲音。我要房宅附近有幾棵參天的喬木。

我要幾位知心友，不必拘守成法，背向我盡情吐露他們的苦衷。談話起來，無拘無礙，《柏拉圖》與《品花寶鑒》念得一樣爛熟。幾位可與深談的友人，有癖好，有主張的人，同時能尊重我的癖好與我的主張，雖然這些也許相反。

我要一位能做好的清湯，善燒青菜的好廚子。我要一位很老的老僕，非常佩服我，但是也不甚了了我所做的是什麼文章。

我要一套好藏書，幾本明人小品，壁上一幀李香君畫像讓我供奉，案頭一盒雪茄，家中一位瞭解我的個性的夫人，能讓我自由做我的工作。酒卻與我無緣。

我要院中幾棵竹樹，幾棵梅花。我要夏天多雨冬天爽亮的天氣，可以看見極藍的青天，如北平所見的一樣。

我要有能做我自己的自由，和敢做我自己的膽量。

（選自一九三四年六月一日《論語》四十二期）

17・記春園瑣事

我未到浙西以前，尚是乍寒乍暖時候，及天目回來，已是滿園春色了。籬間階上，有春的蹤影，窗前簷下，有春的淑氣，「桃含可憐紫，柳發斷腸青」，樹上枝頭，紅苞綠葉，恍惚受過春的撫摩溫存，都在由涼冬驚醒起來，教人幾乎認不得。所以，我雖未見春之來臨，我已知春到園中了。幾顆玫瑰花上，有一種蚜蟲，像嫩葉一樣青蔥，都占滿了枝頭，時時跳動。地下的蚯蚓，也在翻攢園土，滾出一堆一堆的小泥丘。連一些已經砍落，截成一二尺長小段，堆在牆角的楊樹枝，也於雨後平空添出綠葉來，教人詫異。現在恍惚又過數星期，晴日時候，已可看見地上的葉影在陽光中波動。這是久久不曾入目的奇景，也正是「國破山河在，城春草木深」的時節。

但是園中人物，卻又是另一般光景。人與動物，都感覺春色惱人意味，而不自在起來。不知這是否所謂傷春的愁緒，但是又想不到別種名詞。春色確是惱人的。我知這有些不合理。但假定我是鄉間牧童，那必不會納悶，或者全家上下主僕，都可騎在牛背放牛，也必不至於煩燥。但是我們是居在城中，城市總是令人愁。我想「愁」字總是不大好，或者西人所謂「春瘧」（春天的流行病），表示人心之煩惱不安，較近似之。這種的不安，上自人類，下至動物，都是一樣的，連我的狗阿雜在內。我自己倒不怎樣，因為我剛自徽州醫好了「春瘧」回來，但我曾在廚夫面前，誇讚屯溪風景。

廚夫偏是徽州人，春來觸動故鄉情，又聽我指天畫地的讚嘆，而事實上他須天天在提菜籃，切蘿蔔，洗碗碟，怎禁得他不有幾分傷春意味？我的傭人阿經，是一位壯大的江北鄉人，他天天在擦地板，揩椅桌，寄郵信，倒茶水，所以他也甚不自在。此外有廚夫的妻周媽——周媽是一位極規矩極勤勞的婦人，一天在洗衣燙衣，靠她兩隻放過的小腳不停的走動，卻不多言語，說話聲音是低微的，有笑時，也是鄉女天真的笑，毫無城市婦女妖媚態——凡中國傳統中婦人的美德，她都有了。只有她不納悶，不煩燥，因為她有中國人知足常樂的心地，既然置身於小園宅，葉兒是那樣青，樹兒是那樣密，風兒是那樣涼，她已經很知足了。但是我總有點不平。

她男人以前常拿她的工錢去賭，並且曾把她打得一臉紫黑，後來大家勸他，於是我立了一條「家法」，也才不敢再這樣蠻橫。他老是不肯帶她外出，所以周媽一年到頭總居在家中。

但是我是在講「春瘧」。年青的廚夫，近來有點不耐煩，小菜越來越壞了，吃過飯，杯盤都交給周媽去洗，他便可早早悄悄的外出了。更奇的是，有一天，阿經忽然也來告半天假。這倒出我意外。阿經向來不告假的。我曾許他，每月告假休息一天，但是他未告過假。但是這一天，他說「鄉下有人來，須去商量要事」。我知道他也染上「春瘧」了。我說：「你去吧！但不要去和同鄉商量什麼要事。還是到大世界或新世界去走一遭，或立在黃浦灘上看看河水吧。」我露齒而笑，阿經心裡也許明白我明白他的意思。

阿經正在告假外遊時，卻另有人在告假常來我家中走動。這是某書局送信的小孩。這小孩久已不來了，因為天天送稿送信，已換了一位大人。現在卻似乎非由小孩來不可，就是沒有稿件，清樣，他也必來走一遭，或者來傳一句話，或者來送一本雜誌。我明白，他是住在楊樹浦街上，所看見的只是人家屋瓦，牆壁，灰泥，垃圾桶，水門汀，周圍左右一點也沒有綠葉。是的，綠葉有時會由石縫長出，卻永不會由水門汀裂縫出來的。現在世界，又沒有放小店員去進香或上墳的通例。所以他非來我這邊不可，一來又是徘徊不去，因為春已在我的園中，雖然是小小的園中。自然他不是來行春，他不過是來「送信」而已。

人以外，動物也正在發春瘧，我的家狗阿雜向來是獨身主義者，若在平日，住在家中，他倒也甚覺安閒自在。我永不放他出去，因為他沒有掛工部局的狗領，我又不善學西人拉著他兜風去，覺得有礙觀瞻。但是現在不行，我的園地太小了，委實太小了；骨頭怎樣多，他還是不滿意。我明白：他要一個她，不管是環肥燕瘦，只要是個她便好了。但是這倒把我難住了。所以他也在發愁。

不但此也，小屋上的鴿子也演出一幕的悲劇。本來我們租來這所房子時，宅中有七八隻鴿子，是以前的房客留下的。現只剩了一對小夫婦，在小屋上建設他們快樂小家庭。他們原打算要生男育女養一小家兒女起來，但是總不成功。因為小鴿出世經旬，未學走先學飛，因而每每跌死。那對少年夫婦歇在對過檐上眨眼兒悲悼的神情，才叫人難受。這回卻似乎不同，聊有成功之希望了。因為小鴿已經長得有半斤重，又會跑到窗外，環觀這偌大世界，並且已會揚幾下翅膀兒。但是有一天阿經忽然喊著說「小鴿死了！」轟動了全家人等出來圍問。這小鴿怎樣死的呢？阿經親

眼看見他滾在地上而死。這條命案非我運用點福爾摩斯的本領查不出來。

我走上摸這死鴿項下的食囊。以前他的食囊總是非常飽滿的，此刻卻是空無一物。窠上尚有兩枚鴿蛋。那隻母鴿坐在窠中又在孵卵。

「你近來看見那隻公的沒有？」我盤問起來。

「有好幾天不見了，」阿經說。

「最後一次看見是在何時？」

「是上禮拜三看見的。」

「唔！」我點首。

「你看見母鴿出來覓食沒有？」

「母鴿不大出來。」

「唔！」我說。

我斷定這是一樁遺棄妻子的案件。就是「春瘧」作祟。小鴿確系餓死無疑。母鴿既然在孵卵，自然不能離巢覓食。

「薄幸郎！」我慨嘆的說。

現在丈夫外逃，小兒又死，母鴿也沒心情孵卵了。這小家庭是已經破裂了。母鴿零丁孤獨的歇在對過檐上片刻，顧盼她以前快樂的小家庭一回，便不顧那巢中的蛋，騰翼一飛，不知去向了。我想她以後再也不敢相信公鴿子的話了。

（選自一九三四年六月《人間世》五期）

18·記元旦

今天是二月四日，並非元旦，然我已於不知不覺中寫下這「紀元旦」三字題目了。這似乎和康有為所說吾腕有鬼歟？我怒目看日曆，明明是二月四日，但是一轉眼，又似不敢相信，心中有一種說不出陽春佳節的意味，迫著人喜躍。眼睛一閉，就看見幼時過元旦放炮遊山拜年吃橘的影子。科學的理智無法鎮服心靈深底的蕩漾。就是此時執筆，也覺得百無聊賴，骨骼鬆軟，萬分痛苦，因為元旦在我們中國向來應該是一年三百六十日最清閒的一天。只因發稿期到，不容拖延，只好帶得硬乾的精神，視死如歸，執起筆來，但是心中因此已煩悶起來。

早晨起來，一開眼火爐上還掛著紅燈籠，恍惚昨夜一頓除夕爐旁的情景猶在目前——因為昨夜我科學的理智已經打了一陣敗仗。早晨四時半在床上，已聽見斷斷續續的爆竹聲，忽如野炮遠攻，忽如機關槍襲擊，一時鬧忙，又一時沉寂，直至東方既白，布幔外已透進灰色的曙光，於是我起來，下樓，吃的又是桂圓茶，雞肉麵，接著又是家人來拜年。然後理智忽然發現，說「我的話」還未寫呢，理智與情感鬥爭，於是情感屈服，我硬著心腸走來案前若無其事地照樣工作了。惟情感屈服是表面上的，內心仍在不安。此刻阿經端茶進來，我知道他心裡在想「老爺真苦啊！」

因為向例，元旦是應該清閒的。我昨天就已感到這一層，這也可見環境之迫人。昨晨起床，我太太說「Y・T，你應該換禮服了！」我莫名其妙，因為禮服前天剛換的。

「為什麼？」我質問。「周媽今天要洗衣服，明天她不洗，後天也不洗，大後天也不洗。」我登時明白。元旦之神已經來臨了，我早料到我要屈服的，因為一人總該近情，不近情就成書呆。我登時明白，今天家人是準備不洗，不掃，不潑水，不拿刀剪。這在迷信說法是有所禁忌，但是我最明白這迷信之來源，一句說話，就是大家一年到頭忙了三百六十天，也應該在這新年享一點點的清福。你看中國的老百姓一年的勞苦，你能吝他們這一點清福嗎？

這是我初次的失敗。我再想到我兒時新年的快樂，因而想到春聯，紅燈，鞭

炮，燈籠，走馬燈等。在陽曆新年，我想買，然而春聯走馬燈之類是買不到的。我有使小孩失了這種快樂的權利嗎？我於是決定到城隍廟一走，我對理智說，我不預備過新年，我不過要買春聯及走馬燈而已。一到城隍廟不知怎的，一買走馬燈也有了，兔燈也有了，國貨玩具也有了，竟然在歸途中發現梅花天竹也有了。好了，有就算有。梅花不是天天可以賞的嗎？到了家才知道我水仙也有了，是同鄉送來的，而碰巧上星期太太買來的一盆蘭花也正開了一莖，味極芬芳，但是我還在堅持我決不過除夕。

「晚上我要出去看電影，」我說。「怎麼？」我太太說。「今晚某君要來家裡吃飯。」我恍然大悟，才記得有這麼一回事。我家有一位新訂婚的新娘子，前幾天已經當面約好新郎某君禮拜天晚上在家裡用便飯。但是我並不準備吃年夜飯。我聞著水仙，由水仙之味，想到走馬燈，由走馬燈，想到吾鄉的蘿蔔粿。

「今年家裡沒人寄蘿蔔粿來，」我慨嘆的說。

「因為廈門沒人來，不然他們一定會寄來，」我太太說。

「武昌路廣東店不是有嗎？三四年前我就買過。」

「不見得吧！」

「一定有。」

「我不相信。」

「我買給你看。」

三時半，我已手裡提一簍蘿蔔粿，乘一路公共汽車回來。

四時半肚子餓，炒蘿蔔粿。但我還堅持我不是過除夕。

五時半發現五歲的相如穿了一身紅衣服。

「怎麼穿紅衣服？」

「黃媽給我穿的。」

相如的紅衣服已經使我的戰線動搖了。

六時發現火爐上點起一對大紅蠟燭，上有金字是「三陽開泰」「五色文明」。

「誰點紅燭？」

「周媽點的。」

「誰買紅燭？」

「還不是早上先生自己在城隍廟買的嗎？」

「真有這回事嗎？」我問。「真是有鬼！我自己還不知道呢！」

我的戰線已經動搖三分之二了。

那時燭也點了，水仙正香，兔燈走馬燈都點起來，爐火又是融融照人顏色。一時炮聲東南西北一齊起，震天響的炮聲，像向我靈魂深處進攻。我是應該做理智的動物呢，還是應該做近情的人呢？但是此時理智已經薄弱，她的聲音是很低微的。這似乎已是所謂「心旌動搖」的時候了。

我向來最喜鞭炮，抵抗不過這炮聲。

「阿經，你拿這一塊錢買幾門天地炮，餘者買鞭炮。要好的，響的！」我赧顏的說。

我寫不下去了。大約昨晚就是這樣過去。此刻炮聲又已四起，由野炮零散的轟聲又變成機關槍的襲擊聲。我向來抵抗不過鞭炮。黃媽也已穿上新衣帶上紅花告假出門了。我聽見她關門的聲音，我寫不下去了。我要就此擲筆而起。寫一篇絕妙文章而失了人之常情有什麼用處！我抵抗不過鞭炮。

（選自一九三五年二月十六日《論語》五十九期）

19・孤崖一枝花

行山道上，看見崖上一枝紅花，豔麗奪目，向路人迎笑。詳細一看，原來根生於石罅中，不禁嘆異。想宇宙萬類，應時生滅，然必盡其性。花樹開花，乃花之性，率性之謂道，有人看見與否，皆與花無涉。故置花熱鬧場中花亦開，使生萬山叢裡花亦開，甚至使生於孤崖頂上，無人過問花亦開。香為蘭之性，有蝴蝶過香亦傳，無蝴蝶過香亦傳，皆率其本性，有欲罷不能之勢。拂其性禁之開花，則花死。有話要說必說之，乃人之本性，即使王庭廟廡，類已免開尊口，無話可說，仍會有人跑到山野去向天高嘯一聲。

屈原明明要投汨羅，仍然要哀號太息。老子騎青牛上明明要過函谷關，避絕塵世，卻仍要留下五千字孽障，豈真關尹子所能相強哉？古人著書立說，皆率性之作。經濟文章，無補於世，也會不甘寂寞，去著小說。雖然古時著成小說，一則無

名，二則無利，甚至有殺身之禍可以臨頭，然自有不說不快之勢。

中國文學可傳者類皆此種隱名小說作品，並非一篇千金的墓誌銘。這也是屬於孤崖一枝花之類。故說話為文美術圖畫及一切表現亦人之本性。「貓叫春兮春叫貓」而老僧不敢人前叫一聲，是受人類文明之束縛，拂其本性，實際上老僧雖不叫春，仍會偷女人也。知此而後知要人不說話，不完全可能。

花只有一點元氣，在孤崖上也是要開的。

（選自一九三五年九月十六日《宇宙風》一期）

20・煙屑

日記所以可貴，因其夾敘夾議也。就記日記，可以練習記事，亦可練習發議論。然日記須嘻笑怒罵皆來，否則又犯偽字。

人不可無好惡，好惡得其正，斯可矣。文不可無是非，是非得其平，斯可矣。是故八面玲瓏，無好惡是非者，鮮不為奸。

小學作文教學誤謬甚多，而出題為文列第一。我早晚不離筆墨，行文亦不覺難，然有人出題命我為文，必做不出來。故學為文者，須使題生於文，不可使文生於題。見了題目，再想如何下筆者，謂之文生於題，萬世不通。有佳意要說，順其自然如落花流水寫去，再加題目，謂之題生於文。

小學生見題目，問先生「要說什麼話」時，先生須猛醒，得一當頭棒喝。

雖然，行文時心中自然須有題旨，此題旨並不一定為本文最後決用之題目，乃

根本要說之幾句話。但話在心頭，文在筆端，題旨得之意象思考之內，韻致得之有意無意之間。文之佳者，一篇文中，立意要說語居其二，行文後不說自來者居其八。此所謂行文韻致也。一篇文中盡是立意要說的話，其文必木強；反之，有意無意間得之之語多，其文必清逸。能文與不能文之區別全在此。若銀行報告，商人尺牘，必全篇立意要說語，無一句閒情逸致語，故不能稱之為文。

尺牘之妙者，皆全篇不要緊話。無事而寫尺牘，方得尺牘妙旨。尺牘之可愛者，莫若瞎扯瞎談。

限題為文如古人限韻做詩，無謂之極，無味之極。袁子才早已反對。

痛惡一人，欲為文罵之而未見到其人之好處時，萬勿動筆——因尚不夠罵其人之資格也。

今日教育目標與成績適相反。可見方法錯誤。

今日真教育不在學校，而在電影院。何以故？因實在深入人心，薰陶青年之德性而影響其言行者，乃銀幕人物，而非學堂教師。

今日真正大學，不在各校院，而在各書店所出之叢書。卡來爾曾說，今日之大學在於叢書。（此語係卡來爾所說，世界文庫發刊詞引為愛默生所說，誤。）何以故？因現代能讀書之青年所得知識，皆由閱覽雜書而來，非由聽教師講義而來。

有人問我，現代文言白話交雜，欲求文字精進，應看什麼書？我說文字首在實用，使他能夠表意達意。寫一張字條亦是寫作。寫一尋人啟事，亦是寫作。寫作不可看得太死。故欲求文字上進，只須報紙新聞，廣告，啟事，訃聞，辯駁，副刊小品，雜誌創作，亂看。只要心細腦靈，能夠吸收，包管你進步。只學現代文便是，不管什麼文言與白話。

（選自一九三五年十月一日《宇宙風》二期）

21·戀愛和求婚

有一個問題可以發生：中國女子既屬遮掩深藏，則戀愛的羅曼斯如何還會有實現的可能？或則可以這樣問：年青人的天生的愛情，怎麼樣兒的受經典的傳統觀念之影響？在年青人，羅曼斯和戀愛差不多是寰宇類同的，不過由於社會傳統的結果，彼此心理的反應便不同。無論婦女怎樣遮掩，經典教訓卻從未能逐出愛神。戀愛的性質容貌或許可以變更，因為戀愛是情感的流露，本質上控制著感覺，它可以成為內心的微鳴。文明有時可以變換戀愛的形式，但也絕不能抑制它。

「愛」永久存在著，不過偶爾所蒙受的形象。由於社會與教育背景之不同而不同。「愛」可以從珠簾而透入，它充滿於後花園的氣空中，它拽撞著小姑娘的心坎。或許因為還缺少一個愛人的慰藉，她不知道什麼東西在她心頭總是煩惱著她。或許她倒並未看中誰何一個男子，但是她總覺得戀愛著男子，因為她是愛著男子，故而愛著生命。這使她更精細的從事刺繡而幻化的覺到好像她正跟這一幅虹彩色的刺繡戀愛著，這是一個象徵的生命，這生命在她看來是那麼美麗。大概她正繡著一對鴛鴦，繡在送給一個愛人的枕套上，這種鴛鴦總是同棲同宿，同遊同泊，其一為雌，其一為雄。倘若她沉浸於幻想太厲害，她便易於繡錯了針腳，重新繡來，還是非錯誤不可。她很費力的拉著絲線，緊緊地，澀澀地，真是太滯手，有時絲線又滑脫了針眼。她咬緊了她的櫻唇而覺得煩惱，他沈浸於愛的河濤中。

這種煩惱的感覺，其對象是很模糊的，真不知所煩惱的是什麼；或許所煩惱的是在於春，或在於花，這種突然的重壓的身世孤寂之感，是一個小姑娘的愛苗成熟的天然信號。由於社會與社會習俗的壓迫，小姑娘們不得不竭力掩蓋住她們的這種模糊而有力的願望，而她們的潛意識的年青的幻夢總是永續的行進著。

可是婚前的戀愛在古時中國是一個禁果，公開求愛真是事無前例，而姑娘們又知道戀愛便是痛苦。因此她們不敢讓自己的思索太放縱於「春」「花」「蝶」這一類詩中的愛的象徵，而假如她受了教育，也不能讓她多費工夫於詩，否則她的情愫恐怕會太受震動。她常忙碌於家常瑣碎以衛護她的感情之聖潔，譬如稚嫩的花朵之保護自身，避免狂蜂浪蝶之在未成熟時候的侵襲。她願意靜靜底守候以待時機之來

臨，那時戀愛變成合法，而用結婚的儀式來完成正當的手續。誰能逃免糾結的情欲的便是幸福的人。

但是，不管一切人類的約束，天性有時還是占了優勢。因為像世上一切禁果，兩性吸引力的銳敏性，機會以尤少而尤高。這是造物的調劑妙用。照中國人的學理，閨女一旦分了心，甚麼事情都將不復關心。這差不多是中國人把婦女遮掩起來的普遍心理背景。

小姑娘雖則深深遮隱於閨房之內，她通常對於本地景況相差不遠的可婚青年，所知也頗為熟悉，因而私心常能竊下主意，孰為可許，孰不愜意。倘因偶然的機會她遇到了私心默許的少年，縱然僅僅是一度眉來眼去，她已大半陷於迷惑，而她的那一顆素來引以自傲的心兒，從此不復安寧。於是，一個秘密求愛的時期開始了。不管這種求愛一旦洩露即為羞辱，且常因而自殺；不管她明知這樣的行為會侮蔑道德規律，並將受到社會上猛烈的非難，她還是大膽的去私會她的愛人。而且戀愛總能找出進行的路徑的。

在這兩性的瘋狂樣的互相吸引過程中，那真很難說究屬男的挑動女的抑是女的挑動男的。小姑娘有許多機敏而巧妙的方法可以使人知道她的臨場。其中最無罪的方法為在屏風下面露出她的紅綾鞋兒。另一方法為夕陽斜照時站立遊廊之下。另一方法為偶爾露其粉頰於桃花叢中。另一方法為燈節晚上觀燈。另一方法為彈琴（古時的七弦琴），讓隔壁少年聽她的琴挑。另一方法為請求她的弟弟的教師潤改詩句，而利用天真的弟弟權充青鳥使者，暗通消息；這位教師倘屬多情少年，便欣然和復一首小詩。

另有多種交通方法為利用紅娘（狡黠使女）；利用同情之姑嫂；利用廚子的妻子；也可以利用尼姑。倘兩方面都動了情，總可以想法來一次幽會。這樣的秘密聚會是極端不健全的；年輕的姑娘絕不知道怎樣保護自身於一剎那；而愛神，本來懷恨放浪的賣弄風情的行為，乃挾其仇讎之心以俱來。愛河多濤，恨海難填，此固為多數中國愛情小說所欲描寫者。她或許竟懷了孕！其後隨之以一熱情的求愛與私通時期，軟綿綿的，辣潑潑的，情不自禁，卻是因為那是偷偷摸摸的勾當，尤其覺得可愛可貴，惜乎通常此等幸福，終屬不耐久啊！

在這種場合，什麼事情都可以發生。少年或小姑娘或許會拂乎本人的意志而與第三者締婚，這個姑娘既已喪失了貞潔，那該是何等悔恨。或則那少年應試及第，被顯宦大族看中了，強制的把女兒配給他，於是他娶了另一位夫人。或則少年的家

族或女子的家族闔第遷徙到遼遠的地方，彼此終身不得復謀一面。或則那少年一時寓居海外，本無意背約，可是中間發生了戰事，因而形成無期的延宕。至於小姑娘困守深閨，則只有煩悶與孤零的悲鬱。倘若這個姑娘真是多情種子，她會患一場重重的相思病（相思病在中國愛情小說中真是異樣的普遍）。她的眼神與光彩的消失，真是急壞了爹娘，爹娘鑒於眼前的危急情形，少不得追根究底問個清楚，終至依了她的願望而成全了這樁姻事，俾挽救女兒的生命。從此以後，兩口兒過著幸福的一生。

「愛」在中國人的思想中因而與涕淚，慘愁，與孤寂相揉和，而女性遮掩的結果，在中國一切詩中，摻進了淒惋悲憂的調子。唐以後，許許多多情歌都是含著孤零消極與無限悲傷，詩的題旨常為閨怨，為棄婦，這兩個題目好像是詩人們特別愛寫的題目。

符合於通常對人生的消極態度，中國的戀愛詩歌是吟詠些別恨離愁，無限淒涼，夕陽雨夜，空閨幽怨，秋扇見捐，暮春花萎，燭淚風悲，殘枝落葉，玉容憔悴，攬鏡自傷。這種風格，可以拿林黛玉臨死前，當她得悉了寶玉與寶釵訂婚的消息所吟的一首小詩為典型，字裡行間，充滿著不可磨滅的悲哀：

儂今葬花人笑癡，
他年葬儂知是誰？

但有時這種姑娘倘遇運氣好，也可以成為賢妻良母。中國的戲曲，固通常都殿以這樣的煞尾：「願天下有情人都成眷屬。」

（選自《有不為齋文集》）

22．關雎正義

古代儒家解經，道學的氣氛就甚厚，非自宋朝理學才開始。屈原香草美人之歌，也必解做思君之作。詩經男女思慕之情詩，必作為「上以風化下，下以風刺上，主文而譎諫，言之者無罪，聞之者足以戒」說法，自毛公已經如此。似乎抒情詩，除了成孝敬，厚人倫以外，不會有什麼文學價值。「關關雎鳩」便是一個好例。此篇稱為詩教之始，所以列為第一篇，毛鄭以下，二千年來無異辭。

本來詩歌發於男女相悅思慕之情。無男女思慕之情，便無詩歌。關雎樂而不淫，歌文王后妃夫婦琴瑟和鳴之樂，以表示周公之化行于南國，原也相宜。只不應該把這篇及周南之什整個解作歌頌后妃「不妒忌」之美德，以為天下婦女之楷模。「關雎」據毛序是歌后妃「憂在進賢，不淫其色，哀窈窕，思賢才」，思念另一個賢女作文王之配。「卷耳」是歌「內有進賢之志，而無險詖私謁之心」。「螽斯羽」本來言子孫眾多，毛序又必加上兩句「言若螽斯不妒忌，則子孫眾多也」。誠如鄭箋所云「凡物有陰陽情欲者，無不妒忌，維蚣蝑不耳，故能詵詵眾多」。

「桃之夭夭」好好言「之子于歸，宜其家室」，也是很正當的婚歌，毛序又必加上「不妒忌，則男女以正」。彷彿女人一妒忌，則男女不得其正，丈夫無法討小老婆也。這種說法，自然是周公所制的禮，非周婆所制的。宜乎二千年來，天下男子無不贊同。這就是所謂「后妃之德」可以化行南國的女人不妒忌，就是周南之什的重要教訓。此乃國風詩人所示夫婦和鳴婚姻滿意的秘訣。至於男子呢。窈窕淑女之「窈窕」，早已解為「幽閒深宮」，不指美貌，康成以為「幽閒處深宮貞專之善女」，故無妒忌之必要。

關雎三章，是言君子思窈窕淑女，不大像淑女求君子。求之不得，乃至「寤寐思服」「輾轉反側」，一夜靠枕無眠。其思慕之情原與「南有喬木，不可休思，漢有游女，不可求思」相同。不管是男求女的，或女求男的，到了毛鄭手中，若說文王求淑女，不大好意思，所以便成女求女的，以為丈夫簉室。這個意思，鄭箋孔疏都講得非常透徹。孔疏說：「毛以為后妃求賢女之不得，則覺寐之中，服膺念慮思之。又言后妃誠思此淑女哉！誠思此淑女哉！其思之時，則輾轉而復反側，思念之

極深也。」然則思念淑女，至發熱昏，並非文王，乃后妃代發熱昏也。真是咄咄怪事！

我想像在臺北可有這一幕：

「媽，你為什麼睡不著，翻來覆去？」孩子問。

「兒也，你不知道。你爸想娶一個年輕女子到我們家了。」

「媽，這不很好嗎？你應當學文王后妃。她真好。她也失眠。倒不是為怕她先生討小老婆，是愁他先生娶不到小老婆。想到發熱昏。真真足為模範。」

「誰說這種話？」

「學校裡的老師。」

第二天，張太太、李太太，約同賴太太、楊太太，一齊打到學校裡去。老師早已聞風，由後門逃出去了。這幾位太太沒法，只有把學校裡的詩經課本全都撕爛了。

不作如此想，「關雎」還是一篇很好的情歌。

（選自《無所不談合集》）

23・論赤足之美

上回我在中央日報副刊，說起道學解經，把「關關雎鳩」這首情歌，避免君子求淑女說法，解為女子求女子，以免難為情。又把窈窕淑女之「窈窕」二字，解為「深官」，不指美貌。又把這首情歌解為歌頌文王后妃「不妒忌」的美德。「螽斯羽」言文王子孫眾多，毛序也必加上「言若螽斯不妒忌，則子孫眾多也」。敘明詩旨，在勸婦人不應妒忌。大凡古典時代的人，遇著詩歌言男女愛情，都不肯就詩言詩，必加上道德教訓，然後言情不妨講道，講道不妨言情。中外都是一樣，我們不必慚愧，替古人向西人道歉。耶教聖經的言情詩，也遭到和尚院的神學家曲解。最有名的是所羅門王的情歌，也有好的，也有簡直是艷體詩。若不是列入聖經，大家是不看清淨。我姑譯一兩節：

你的大腿豐滿如珠寶，如匠工的傑作。
你的肚臍眼如充滿玉漿的酒杯。
你的小肚如一堆栗粒上的野百合花。
你的雙奶，像一對雙胎的小鹿。
你的脖頸像一座象牙之塔。
你的眼睛像巴拉門外的秋波。
你的鼻子像黎巴嫩的瓊臺……

在和尚院的神學，這自然不便視為猥褻文字，因為明明是舊約聖經的一部分，也無法考證其為贋作。所以他們另有一種說法，說這篇別有深意。這位大腿云云雙奶云云的新娘子，乃指基督教會。教會是耶穌的新娘子，而耶穌即是教會的新郎官。其牽強附會程度，不亞於毛公。到了近代，才有一般學者承認，舊約聖經有猶太古代的歷史，哲言，詩歌，戲劇，短篇小說。「以士脫」是一篇絕好的短篇小說；「約伯」是一篇絕好的戲劇。

我看到日月潭的山胞舞蹈，也在國賓旅社看到阿米族（阿美族）舞。這舞蹈是美的，有生氣的，與焚香沐浴靜聽七弦琴的情調大不相同，凡是民間歌舞，都是活潑可愛的，手舞足蹈都是靈快而能表示身體美的。古裝舞要這樣活潑自然有生氣很難。魯迅所謂「梅蘭芳舞而不跳，女學生跳而不舞」。阿米族舞使外省人看來最特別地方在於赤足。

赤足好看不好看——這就在各人的觀點不同。東方人每有自卑感，樣樣要學西人，稍為不同，就認為慚愧。這是太幼稚了。以前美國商務參贊亞諾德（Julian Arnold）告訴我一個故事。他在滬杭火車路上的某站，看見鄉下人在車站圍欄外賣燒雞及雞蛋。其中有一位白鬍老人。須知中國的美髯翁，有一種雍容高貴的氣象，西方所無的。照相家每每要靠這羲皇上人的氣象，拍出一張傑作。

亞諾德拿照相機正要拍時，有一位洋裝革履的青年從後頭走來拍他的肩膀，義形於色的對他說：「我知道你要拍這張中國窮人的像到外國去。你不懷好意。你不是中國的朋友『You are no friend of China』」這叫亞諾德哭笑不得，因亞君是中國最好的朋友。中國農夫之健全可敬可愛處，亞君早已看到，這位青年卻未曾看到。這位青年所恨的，就是吾國人民未能人人像他讀洋書，說洋話，西裝革履，繫領帶，跟外國人叩頭鞠躬，豪杜猶杜（How do you do）也。

亞諾德對這位青年說：「你才不是中國的朋友。我不羞辱中國，像你才羞辱中國。」知道這一點道理，才知道我《吾國與吾民》的寫法及立場。中國自有頂天立地的文化在，不必樣樣效顰西洋，汲汲仿效西洋。看到深處，才明白中國人生哲學之偉大，固不在西裝革履間也。

要是問我赤足好，革履好，我無疑的說，在熱地，赤足好。須知赤足與革履之大別，在於招牌不同。赤足是天所賦與的，革履是人工的，人工何可與造物媲美？赤足之快活靈便，童年時的快樂自由，大家忘記了吧！步伐輕快，跳動自如，怎樣好的輕軟皮鞋，都辦不到，比不上。至於無聲無臭，更不必說。虎之爪，馬之蹄，皆有極好處在。今者天下之伯樂，多矣。由是束之縛之，敲之折之，五趾已失其本形，腳步不勝其龍鍾，不亦大可哀乎？然則吾未如之何，真真未之如何也已矣。

（選自《無所不談合集》）

24・論趣

記得那裡筆記有一段，說乾隆遊江南，有一天登高觀海，看見海上幾百條船船，張帆往來，或往北，或往南，頗形熱鬧，乾隆問左右：「那幾百條船到那裡去？」有一位扈從隨口答道：「我看見只有兩條船。」「怎麼說？」皇帝問。那位隨行的說：「老天爺，實在只有兩條船。一條叫名，一條叫利。」乾隆點頭稱善。

這話大體上是對的。以名利二字，包括人生一切活動的動機，是快人快語。但是我想有時也不盡然。大禹治水，手足胼胝，三過其門而不入，不見得是為名為利吧。墨子摩頂放踵，而利天下，就顯然不為名利。他們是聖人賢人，且不說。我看至少有四條船叫做名、利、色、權。世上熙熙攘攘，就為這四事。色是指女人，權是指做事的權力，政權在內。不愛江山愛美人，可見有時美人比江山重要，不能不說是推動人世行為的大動機大魔力。有能力或權力做出大事業來，不為任何力量所

阻撓，為事業成功，也可成為人生宗旨，鞠躬盡瘁做去。為名利死，為情死，為忠君愛國死，前例俱在。

只是有時一人只想做官，不想做事，這就跟一般商賈差不多了，只怕利祿熏心，就失了人的本性。能夠通脫自喜，做到適可而止，便是賢人。但是排脫最不容易。以前有位得道的大和尚，面壁坐禪十年，享有盛名。一日有一位徒弟奉承他說：「大師，像你做到這樣超凡入聖，一塵不染，全國中怕算你是第一人了。」那大師不禁微微一笑。這也可見名心之難除也。

但是還有一種知其然而不知其所以然的行為動機，叫做趣。袁中郎敘陳正甫會心集，曾說到這一層。人生快事莫如趣，而且凡在學問上有成就的，都由趣字得來。巴士特（Pasteur）發明微菌，不見得是為名利色權吧。有人冒險探南極北極，或登喜馬拉雅山，到過人跡未到之地，不是為慕名，若是只為圖個虛名，遇到冰天雪地，涼風刺骨一刮，早就想「不如回家」吧。這平常說是為一種好奇心所驅使。所有科學的進步，都在乎這好奇心。好奇心，就是趣。科學發明，就是靠這個趣字而已。哥倫布發現新大陸，科學家發見聲光化電，都是窮理至盡求知趣味使然的。

我想這趣字最好。一面是關於啟發心知的事。無論琴棋書畫都是在乎妙發靈機的作用，由蒙昧無知，變為知趣的人，而且不大容易出毛病，不像上舉的四端。人有人趣，物有物趣，自然景物有天趣。顧凝遠論畫，就是以天趣、物趣、人趣包括一切。能夠瀟灑出群，靜觀宇宙人生，知趣了，可以畫畫。名、利、色、權，都可以把人弄得神魂不定。只這趣字，是有益身心的。就做到如米顛或黃大癡，也沒有什麼大害處。人生必有癡，必有偏好癖嗜。沒有癖嗜的人，大半靠不住。而且就變為索然無味的不知趣的一個人了。

青年人讀書，最難是動了靈機，能夠知趣。靈機一動，讀書之趣就來了。無奈我們這種受考試取分數的機械教育，不容易啟發一人的靈機。我曾問志摩，「你在美國念什麼書？」他說：「在克拉克（Clark）大學念心理學。就是按鐘點，搖鈴上課搖鈴下課，念了什麼書！後來到劍橋，書才念通了。」這就是導師制的作用。

據李考克（Stephen Leacock）說，劍橋的教育是這樣的。導師一禮拜請你一次到他家談學問。就是靠一枝煙斗，一直向你冒煙，冒到把你的靈魂冒出火來。與君一夕話，勝讀十年書，就是這個意思。靈犀一點通，真不容易，禪師有時只敲你的頭一下，你深思一下，就頓然妙悟了。現代的機械教育，總不肯學思並重，不肯叫人舉一反三，所以永遠教不出什麼來。

顧千里裸體讀經，是真知讀書之趣的。讀書而論鐘點，真是無可奈何的事。李考克論大學教育文中，說他問過第四年級某生今年選什麼課。那位說，他選「捐客術」及「宗教」兩課，每週共六小時。因為他只欠這六小時，就可拿到文憑。「捐客術」及「宗教」同時選讀，實在妙。但是這六小時添上去，這位就會變為學人了嗎？所以讀書而論鐘點，計時治學，永遠必不成器。今日國文好的人，都是於書無所不窺，或違背校規，被中偷看水滸，偷看三國而來的，何嘗計時治學？必也廢寢忘餐，而後有成。要廢寢忘餐，就單靠這趣字。

（選自《無所不談合集》）

25・孟子說才志氣欲

我是自小愛孟子的。孟子是儒家中的理想主義者，文字中有一種蓬勃蔥郁之氣，令人喜歡，令人感動。在儒家中，我就是推崇孟子。其氣派得力於子思。孔門中顏回樂道安貧，善體會、善思考，退而自省其私，亦足以發，但是他不大說話。話是沒有什麼可說的了。曾子在孔門弟子中年最幼，又最聰慧，大概好學而近思，但是仍突不出孔子範圍。

孟子之時，天下之言不歸楊則歸墨；須知楊墨皆有精深系統，倘使曾顏尚在，必定抵擋不住。只有孟子雄辯之才，足以出來招架。

荀子學問雖好，卻反對人欲，主張制禮節欲，以性為惡，以善為「偽」。——這一脈思想戕賊人以為仁義，如戕賊杞柳以為桮棬，與告子一樣，故必流於虛偽冷酷。他的仁義是外來的，與告子相同，即所謂「率天下之人以禍仁義」，真不足

取。荀子既然要制禮節欲，又主張「嚴刑罰，以戒其心；使天下生民之屬，皆知己所願欲，舉在於是，故其賞行；皆知己之所畏恐，舉在於是，故其罰威。」所以他教出來的子弟，當然是法家，如韓非、李斯之徒，全非孔子面目。後來焚書坑儒，乃荀卿的大弟子所為，可說是荀派的報應。

只有孟子能發揮性善之說，言孔子所未言，又能推廣仁義之本意，說出仁義本於天性；使孔子的道理得哲學上的根據，及政治上的條理。他又雄辯、又弘毅、又自信、又善諷喻、善幽默，是一種浩然大丈夫氣象，我們讀孟子，可使頑夫廉，懦夫有立志。倘使從此下去，儒道豈不是很快樂平易的人生觀嗎？

不幸，我們所見的所謂孔學，都是板起長臉孔的老先生，都沒有孔子之平和可親，或孟子的辣潑興奮。七百年來道學為宋人理學所統制，幾疑程朱便是孔孟，孔孟便是程朱。程朱名為推崇孟子，實際上是繼承荀韓釋氏（戴東原語），不曾懂得孟子。邵康節批評程伊川，最中肯。康節將歿，伊川去看他，向他問道。康節笑著對他開玩笑說：「正叔（你這人）可謂生在生薑樹上，將來必死於生薑樹頭。」伊川再問，康節張開兩手示意。伊川不解，康節才說：「面前路徑須令寬，路窄時自身且無所著，何能使人行？」我們七百年來所行的就是伊川這條窄路。理學道理，也全是生薑樹頭的道理。

現代青年人，應該多讀孟子，常讀孟子，年年再讀孟子一遍。（萬章、告子、盡心諸篇最好。）孟子一身都是英俊之氣，於青年人之立志淬勵工夫，是一種補劑。孟子專言養志志養氣，志壹則動氣，氣壹則動志，是積極的。荀子專講制民制欲，是消極的。「聖人與我同類」、「人皆可以為堯舜」、「人無有不善」、「養其大體為大人」……這是何等動人的話？

少時常聽我父親引孟子說：「雖存乎人者，豈無仁義之心哉。」——這句話不知如何，永遠縈繞在我心上。這樣的人生觀，不是很好的嗎？人無有不善，就其善而養之。人生社會有什麼了不得的問題，何必談什麼玄虛？做人的道理講好了，還有什麼可怕？這樣循這條路走去，就可為頂天立地的大丈夫。（孔子只講君子，孟子才提出大丈夫三字。）就使不能建立什麼彪炳的事業來，至少也可以成一個有操守氣節的人。

孟子著重志氣。要人養志氣，養到富貴不能淫，貧賤不能移，威武不能屈的田地。這叫做人氣，這也就是「仁」。仁者人也，就是有人氣的人；在英文最好譯為 manhood。在孟子看來，仁就是 manhood，就是大丈夫。向來仁講為靜，智為動，

實在大丈夫也有靜時，如諸葛亮之臥龍崗，只是靜中卻有志在裡頭，並非沉寂，也非寂滅。孟子說：「天之欲降大任於斯人也，必先苦其心志，勞其筋骨，餓其體膚，空乏其身，行拂亂其所為。」這裡頭專靠一志字，若無志字，勞其筋骨，餓其體膚，還不是每夜精疲力竭扒上床完事？

最好是孟子講才字。孟子要人「能盡其才」。富歲子弟多賴（即懶），凶歲子弟多暴，「非天之降才爾殊也」。孟子也明白人才善惡與環境的關係。「乃若其情，則可以為善矣，乃所謂善也。若夫為不善，非才之罪也。」「可以為善」四字，是性善的精義，是說有可以為善之才。（性善性惡之辯，二千年來辯得一塌糊塗；孟子說可以為善甚明，陳蘭甫東塾讀書記孟子篇，講得清楚了當，再不必爭執。）既然人無有不善，只能不失其本性，使吾固有之善，可以培養滋長。苟得其養，無物不長；苟失其養，無物不消。孟子言才，與性字同。牛山有材，是牛山之本性，日夜之所息，雨露之所潤，非無萌　之生焉，旦旦而伐之，則夜氣不足以存，所以濯濯，人見其濯濯，以為未嘗有材，「此豈山之性也哉？」

古之教育，皆是養才，今之教育，皆是惡補，是旦旦而伐之一類，那裡還有雨露之養，時雨之化意義？

這才字性字，連欲包括在裡頭。那時還未有宋儒將理與欲分開，理欲是合一的，人生必有才，才有高低利鈍不同，但是必有才，有才便有欲。孟子言「生亦我所欲，所欲有甚於生者。」欲之涵義甚廣，非限於犬馬聲色。宇宙萬物生生不息，是宇宙萬物各盡其才，各有其欲。宇宙無欲，則宇宙寂滅。人生的期、望、願望都是欲；人生沒有期望、願望，便已了無生趣，陷於死地，形存神亡。草木有草木之欲，才能欣欣向榮。人而無欲，也就完了。

我看青年子弟，男男女女無非一堆私人之欲望，各有所求，求學之進，求事之成，求父母健康，求出洋留學，求傳子傳孫，求成家立業，何一非欲？說欲有害，也不過如說錢財害人；錢財私欲，非能害人，在於你自己，非欲之罪也。

好了，算我孟子派中人罷了。

（選自《無所不談合集》）

26・論解嘲

人生有時頗感寂寞，或遇到危難之境，人之心靈，卻能發出妙用，一笑置之，於是又輕鬆下來。這是好的，也可以看出人之度量。古代名人，常有這樣的度量，所以成其偉大。希臘大哲人蘇格拉底，娶了姍蒂柏（Xantippe），她是有名的悍婦，常作河東獅吼。傳說蘇氏未娶之前，已經聞悍婦之名，然而蘇氏還是娶她。他有解嘲方法，說娶老婆有如御馬，御馴馬沒有什麼可學，娶個悍婦，於修心養性的功夫大有補助。有一天，家裡吵鬧不休，蘇氏忍無可忍，只好出門。正到門口，他太太由屋頂倒一盆水下來，正正淋在他的頭上。蘇氏說，「我早曉得，雷霆之後必有甘霖。」真虧得這位哲學家雍容自若的態度。

林肯的老婆也是有名的，很潑辣，喜歡破口罵人。有一天，一個送報的小孩，十二三歲，不識道送報太遲，或有什麼過失，遭到林肯太太百般惡罵，詈不絕口。

小孩去向報館老闆哭訴，說她不該罵人過甚，以後他不肯到那家送報了。這是一個小城，於是老闆向林肯提起這件小事。

林肯說：「算了吧！我能忍她十多年。這小孩子偶然挨罵一兩頓，算什麼？」這是林肯的解嘲。

中國有句老話，叫做「塞翁失馬，焉知非福」。林肯以後成為總統，據他小城的律師同事赫恩頓（Herndon）寫的傳記，說是應歸功於這位太太。赫恩頓書中說，林肯怪可憐的，每星期六半夜，大家由酒吧要回家時，獨林肯一人不大願意回家。所以林肯那副出人頭地，簡練機警，應對如流的口才，全是在酒吧中學來的。又蘇格拉底也是家裡不得安靜看書，因此成一習慣，天天到市場去，站在街上談空說理。因此乃開始「遊行派的哲學家」（Peripatetic School）的風氣。他們講學，不在書院，就在街頭逢人問難駁詰。這一派哲學家的養成，也應歸功於蘇婆。

關於這類的故事很多，尤其關於幾個名人臨終時的雅謔。這種修煉功夫，常人學不來的。蘇格拉底之死，由柏拉圖寫來是最動人的故事。市政府說他巧辯惑眾，貽誤青年子弟，賜他服毒自盡。那夜他慷慨服毒，門人忍痛陪著，蘇氏卻從容闡發真理。最後他的名言是：「想起來，我欠某人一隻雄雞未還。」叫他門人送去，不

可忘記。這是他斷氣以前最後的一句話。金聖嘆判死刑，獄中發出的信，也是這一派。「花生米與豆腐乾同嚼，大有火腿滋味。」（大約如此）歷史上從容就義的人很多，不必列舉。

西班牙有一傳說：一個守禮甚謹的伯爵將死，一位朋友去看他。伯爵已經氣喘不過來，但是那位訪客還是刺刺不休長談下去。伯爵只好忍著靜聽，到了最後關頭，伯爵不耐煩對來客說：「對不起，求先生原諒，讓我此刻斷氣。」他翻身朝壁，就此善終。

我嘗讀耶穌最後一夜對他門徒的長談，覺得這段動人的議論，尤勝過蘇氏臨終之言，而耶穌在十字架上臨死之言：「上帝啊，寬恕他們，因為他們所為，出於不知。」這是耶穌的偉大，出於人情所不能及。這與他一貫的作風相同：「施之者比受之者有福。」可惜我們常人能知不能行，常做不到。

（選自《無所不談合集》）

27・讀書與風趣

黃山谷說：「三日不讀書，便語言無味，面目可憎。」這是一句名言，含有至理。讀書不是美容術，但是與美容術有關。女為悅己者容，常人所謂容不過是粉黛卷燙之類，殊不知粉黛卷燙之後，仍然可以語言無味，面目可憎。男女都是一樣。

我想到謝道蘊的丈夫王凝之。我想凝之定不難看，況且又是門當戶對。道蘊所以不樂，大概還是王郎太少風趣。所以謝安問他侄女「王郎逸少子，甚不惡，汝何恨也？」道蘊答道：「一門叔父，則有阿大，中郎；眾從兄弟復有封、胡、羯、末，不意天壤之中，乃有王郎。」我個人斷定，王郎是太不會說話，太無談趣了。所以閨中日與一個虛有其表的郎君對坐，實在厭煩。李易安初嫁趙明誠，甚相得。何以？故因為志趣相同。後來明誠死於兵亂，易安再嫁一位什麼有財有勢的蠢貨，懊悔萬分。道蘊辯才無礙，這我們知道的。凝之弟王獻之與賓客辯論，詞窮理屈。這位嫂子倒能遣侍女告訴小叔「請為小郎解圍」。乃以青綾步障自蔽，把客人駁

倒。這樣看來，王郎也是一位語言無味的蠢才無疑，人而無風趣，不知其可也。

凡人之性格，都由談吐之間可看出來。王郎太無意見了。處於今日，道蘊問他看電影，他也好，道蘊說不去，他也好。要看西部電影他也好。要看艷情電影，他也好。這樣不把道蘊氣死了嗎？紅樓夢大觀園姊妹，都是在各人的說話中表達出來。平兒之溫柔忠厚，鳳姐之八面玲瓏，襲人之伶俐涵養，晴雯之撒潑嬌憨，黛玉之聰慧機敏，寶釵之厚重大方，以至寶玉之好說怪話，呆霸王之呆頭呆腦，都由他們的說話中看出。你說讀書所以養性也可以，說讀書可以啟發心靈，增加風趣也可以。只是語言無味，面目可憎，斷斷不可以。

或謂清談可以誤國。我說清談可以誤國，不清談也可以誤國。理學家「無事袖手談心性，臨危一死報君王」。一樣的誤國。東晉亡於清談之手，南宋何嘗不亡於並不清談者之手？所以以亡國之罪掛在清談上頭是不對的。紂王亡於妲己，你想這個昏君，沒有妲己就可以不亡嗎？虐主暴君亡國，都得找一個替身負罪。由於昏君暴主政治不良，武人跋扈，像嵇康潔身自好的人猶不能免於一死。所以清談是虐政生出來的，不是虐政由清談生出來的。向來儒家，倒果為因，不思之甚。

（選自《無所不談合集》）

28．閒話說東坡

近日收到中央日報，得閱樂恕人兄「自古文人愛釣魚」一文，考證甚詳，糾正我的疏忽，欣喜無量。喜在果然發見中國文人也好實在釣魚，不僅是視為「雅事」做文章點綴而已。又本日見拙著「無題有感」上邊幾欄便是侄媳婦畢璞談音樂的文章，又是高興。所以合十向恕人兄道：「善哉！善哉！我失之者，樂子得之。吳王失劍，不必芥蒂。至樂恕人，大放光明，啟我鈍根，乃見東坡蓑笠，少遊持竿，障惑盡除，無邊清淨。善哉！善哉！皆大歡喜。他日有緣，當在富士見高原，垂綸共釣，以消永日。」

原來莊子「釣於濮上」，念了幾遍，怎會疏忽至此。再想起來，孔子也是釣過魚。子釣而不網，弋不射宿，大概具有美國紳士 sportsmanship 的風度。然則孔子射飛鳥，不肯射宿在樹上的鳥，釣時用釣鈎，不肯一網打盡，大有英國紳士派頭。

是射是釣，看你本事如何，才見遊戲三昧。

我那篇文章，說文人不釣魚，文人不出汗，是憑普通印象，只是未經做過考證工夫。但是詩文中所見，仍有可疑。說漁卻未必真下釣，說樵也未必真打柴。況且張志和據說釣時不用餌，還只是玩著罷。他又只釣鱖魚，使我看不起。

東坡詼諧百出。詩文多，小品多，書簡多，墨蹟多，志林所載小事多，蘇門四學士及其他宋人筆記，又那麼多，但是就沒有釣魚的記載，所以我嘆為怪事。如在海南瓊州一段，與其子過取松煙造墨，幾乎把房子燒掉一類的事，比任何古人的傳述豐富。

別的不說，單說東坡這人，實在不大規矩。其大處為國為民，忠貞不移，至大至剛之氣，足為天下師，而其可愛處，偏在他的刁皮。

像他偽托堯典取得進士，真是大膽。那省試考題是「刑賞忠厚之至」，論東坡試卷內有一段「當堯之時，皋陶為士，將殺人，皋陶曰殺之三。堯曰宥之三。故天下畏皋陶執法之堅，而樂堯用刑之寬。」——這段故事是完全東坡杜撰的。

那時蘇氏父子由蜀來汴，想取功名。歐陽修見東坡文謂「須令此人出一頭地」。東坡尚是少年，居然在試卷上杜撰古典。考官都是博學鴻儒，看見這段妙文，真像煞有介事，記不清出於何典。但是誰也不敢說，沒有看過這個古典，也許竹書紀年，或什麼三墳五典真有記載。他居然中了。後來請門師，在席上老儒（大概是富弼）偷偷問他，你那一段殺之三，宥之三，出於何書。東坡才說，想當然耳。這是他刁皮處，亦是他才氣過人處。

又一回東坡謫黃州，偷吃牛肉，半夜爬城牆回家。照例他是軟禁，不應四處亂跑，又不應偷城犯夜。王世貞蘇長公外紀卷九記，畢少董所藏一帖，醉墨瀾翻。其文曰：「今日與數客飲酒，而純臣適至。秋熱未已，而酒色白，此何等酒也，入腹無臟，任見大王。既與純臣飲，無以侑酒。西鄰耕牛適病足，乃以為炙。飲既醉，遂從東坡之東，直出至春草亭而歸，時已三鼓矣。」王世貞按：「春草亭，乃在郡城之外。是與客飲私酒，殺耕牛，醉酒偷城犯夜而歸。又不知純臣者，是何人也，豈亦應不當與往還人也。」與不當與往還人往還，若酒徒娼妓，東坡全不在乎，耶穌也全不在乎。

又一回記得是元祐時，那時闈考考官看卷子，留在禁中，與外間隔絕二、三十天。東坡是主考，覺得無聊。秦少游諸人在忙著看卷，東坡卻跑來跑去，放浪形骸，玩皮作謔，弄得諸人無法凝神看卷子。

這是活現一個可愛的蘇東坡。我看他釣魚，也是裝幌子而已。怎肯耐心靜坐等魚上鈎？但是這也是想當然耳之類。

哈佛名哲學教授 William James 同他弟弟就有爬牆犯法故事，見於他們弟兄的通信上。適之告訴我，在吳淞念書時候，有一回他大醉，巡警看見他光著腳，手裡拿一支皮鞋在路上跑。有一回瑞士名作家客勒 George Keller 半夜醉歸，迷路去問巡警。巡警認識他，詫異說：「你不是客勒嗎？怎麼跑到這裡來？」客勒回答說：「是啊，我是客勒，但是不知道客勒家在那裡。」

我曾經做一番考證，證明東坡有姊姊，沒有妹妹，並無蘇小妹嫁秦少游的事。也曾考證東坡愛他的堂妹，柳仲遠之妻，這是他的隱痛。這須從他詩文中慢慢推敲出來。改天再講。

（選自《無所不談合集》）

29・說紐約的飲食起居

住在紐約的中國太太喜歡紐約，成為宇宙之謎。始而百思不得其解，用心思維，才恍然大悟。沒有問題，這奧妙在於「你自己來」四字，西文所謂 do it yourself。中國太太住紐約，生活比較簡單，比較獨立，比較自由。要洗衣服，你自己來，何等簡單，要買菜，你自己來，何等獨立。要燒飯請客，你自己來，不仰他人鼻息，何等自由。要擦皮鞋，你自己來，這是何等自力更生。聽人家說，這就是人類平等，「德謨克拉西（民主）」。

我居紐約，先後三十年，飽嘗西方的物質文明。嘗細思之，方便與舒服不同，個中有個分別。居美國，方便則有，舒服仍不見得。遠東文明，舒服則有之，方便且未見得。電梯、汽車、地道車、抽水馬桶，皆方便之類。電梯、汽車、地道車、抽水馬桶，卻不見得如何舒服。長途驅車，擠得水洩不通，來龍去馬，成長蛇陣，

把你擠在中間，此時欲速未能，欲慢不得，何嘗逍遙自在，既不逍遙自在，何以言遊。一不小心性命攸關，驚心吊膽，何來舒服。

地道車，轟而開，轟而止。車一停，大家蜂湧而入，峰湧而出。入浮於座位，於是齊立。你靠著我，我靠著你，前為他夫之背，後為小姐之胸。小姐香水，隱隱可聞，大漢臭汗，撲鼻欲嘔。當此之時，汽笛如雷，車馳電掣，你跟著東搖西擺，栽前撲後，真真難逃乎天地之間。然四十二街至八十六街，二英里餘，五分鐘可達，分毫不爽，方便則有，舒服則未。

德謨克拉西，必自由平等，自由平等，必無傭人老媽。既已平等，何必老媽？於是燒飯，太太自己下廚，不靠別人，不受傭人的氣。紐約太太，沒有傭人問題，這是何等快活。由上街買菜日勞，而烹調之術日進，又是何等可喜。大家就席，張太太恭維李太太：「你海參做得那麼好？」「那裡！你的板鴨，才真夠功夫。」由是操勞愈甚，精神愈好。平心而論，總比打麻將強。及至席終，端盤撤席，你自己來，客人亦急公好義，大家也來幫主婦忙，這是何等瀟灑。而且操勞於人身體是好的。

我向最忌狗領狗帶，未知狗領束縛脖頸，是何道理。然入鄉隨俗，亦自不欲長衫大褂，招搖過市，觸人耳目。張大千弟兄來紐約，仍穿中裝；甘地遊倫敦，仍然赤膊。他人可以，我則未能。然張大千烏髯可掬，威儀棣棣，自有其一副氣象，令人肅然起敬。我何人斯，走一條街，沒人認識，最是樂事。所以一生不敢做官，即忌此黑領帶。一人至帶黑領帶時，已無甚可說。利鎖名韁，害人最大，交頭耳語，始當權要。東西皆是如此，不足為奇。

我家居中服，出門西服。只要樣樣有一定掛處，三分鐘內可以改裝，毫無困難。以三分鐘之麻煩，易數小時之舒服，仍是值得。東方男人穿裳，女人穿褲；西方男人穿褲，女人穿裳。今則西方小姐已改穿褲子，東方征服西方是必然的事。

紐約中國菜館林立，越來越多。雜碎之謠，雖然可惡，千年皮蛋，更屬荒唐。然中國雜碎尋常味道，已經確勝西方，所以風行也不足怪。春捲、餛飩、麻菇雞片（粵音拼作 Moo Goo Gai Pien）西人已經耳熟能詳。獨中國人吃來，北方味少，廣東味多，求真正北平東興樓之醋溜魚片，宫保雞丁，或四川的九曲回腸，乾炒牛肉絲，幾不可得。於是四川與江浙，混為一談，江北與江南，菜館無別。什麼名菜，名存而實亡。香酥鴨香而不酥，回鍋肉往而不回。天津館可吃蟹殼黃，嶺南春可叫涮羊肉。我走遍西半球，認為猶能保存真正北平菜者，惟有巴西聖保羅。

西報評中菜，都是捧場，只有紐約時報食評，絕不敷衍，不賣賬。食評之事，美國尚未講求，法國則不然。此米師蘭指南（Guide Michelin 米其林）一書之所以可貴。此書每年一版，各酒館茶樓之名菜名酒鑒賞極精，歷歷能詳，以為食客指導。其於菜館，超等者以一星，二星，三星別之。一星已經難得，三星全法國只有七八家。因為米師蘭絕不敷衍，不賣賬，所以成為權威。升級降級，賞奪惟我獨尊。所以列名超等，真不容易。或已得三星，情為懈怠，明年立即降級。法國人講究吃，所以成此風俗。

做到不敷衍，不賣賬，也是不容易。食事如此，天下事莫不如此。流芳千古，青史留名，誰不願意。唐朝許敬宗之流，便可賣賬，不但拍武則天之馬，且可賣錢亂史實。孔子便不賣賬。筆則筆，削則削，門人不能贊一辭。所以吳子懼，而天下亂臣賊子皆懼。

不敷衍，不賣賬，孔子是第一人。

（選自《無所不談合集》）

30・談海外釣魚之樂

夏天來了，又使我想到在海外釣魚之樂。我每年夏天旅行，總先打聽某地有某種釣魚之便，早為安排。因此瑞士、奧、法諸國足跡所至，都有垂釣的回憶。維也納的多瑙河畔，巴黎的色印外郊，湖山景色都隨著垂綸吊影，收入眼簾，人生何事不釣魚，在我是一種不可思議之謎。

在臺灣，因為種種因素，沒有設備，所以也未成風氣。淡水河中，遊艇竟然絕跡，石門湖上，綠蓑青笠之男女無幾，深以為憾。水上既無飯店，陌上行人甚稀，令人百思不得其解。也許政府愛護老百姓，十分關懷，怕我們小民沉落水裡去，那就不得而知了。然而白鷺雲飛，柳堤倒影，這辜負春光秋色之罪，應該由誰去負責？或者暮天涼月之際，煙霧籠晴之時，流光易逝的一剎那，有誰拾取？或者良辰靜夜，月明星稀，未能放舟中流，蕩漾波心，遊心物外，洗我胸中穢氣，是誰之

過？縱使高架鐵路完成，而一路柳堤冷落，畫舫絕跡，未免為河山減色。

使我最難忘的是阿根廷的巴利洛遮（Bariloche）湖。這是有名釣鱒魚的好地方，地在高山，因為河山變易，這些鱒魚，久已不能入海，名為 Landlocked Salmon 而與鱒魚混種，稱為 Salmentrout。在北美的鱒魚平常只有一二磅，大者三五磅，此地卻有一二十磅的鱒魚，及二三十磅鱒魚。艾森豪故總統，也曾來此下釣，這是我的嚮導告訴我的。

巴利洛遮湖，位在阿根廷與智利交界。南美安狄斯大山脈至此之勢已盡，所以這個地方，雖然重巒疊障，卻是湖山勝地，車船絡繹往來無阻。這一帶都是釣鱒魚的好地方，越界到了巴利洛遮湖，遂成天然仙景。湖上有 Llao-Llao 飯店，導遊指南稱為世界風景第一。Llao-Llao 坐落此山，正似一座出水芙蓉，前後左右，倚欄憑眺，碧空寥廓，萬頃琉璃，大有鴻蒙未開氣象。晨曦初拂，即見千巒爭秀，光彩陸離。大概山不高而景奇，所以一望無際，層層疊疊的青巒秀峰與湖水的碧綠，陽光的紅暈相輝映。又沒有像瑞士纜車別墅之安插，快艇之浮動，冗雜其間，竟成與鹿豕游之鴻蒙世界。遊客指南所稱，果然名符其實。此地釣魚，多用汽船慢行拖釣方法，名為 Trolling。船慢慢開行，釣絲拖在船後一百餘尺以外。鈎用湯匙形，隨波旋轉，閃爍引魚注意，所以不需用餌。我與內人乘舟而往，漁竿插在舷上，魚上鈎時，自可見竿搖動。這樣一路流光照碧，寒聲隱地尋芳洲，船行過時驚起宿雁飛落蘆深處。夕陽返照，亂紅無數，仰天長嘯，響徹雲霄，不復知是天上，是人間。

海釣與湖釣不同。阿京之東約一百五十哩，地名「銀海」（Mar del plata）是阿國人避暑海濱勝地。去岸十哩的海中，因為富有水中食物，是產魚最多的一帶。我單一人，雇一條汽船，長二丈餘，舟子問我怕浪不怕浪，我說不怕。就在煙雨濛濛之時出發，船中僅我跟舟子二人。海面也沒有大波浪，但是舟子警告我，回來逆浪，不是玩的。到目的地停泊以後，我們兩人開始垂釣。也不用釣竿，只是手拉一捆線而已，果然天從人願，鈎未到底，繩上扯動異常，一拉上來，就是一線三根鈎上，有魚上鈎，或一條，或三條。這樣隨放隨拉，大有應接不暇之勢，連抽煙的工夫都沒有。不到半小時，艙板上盡是錦鱗潑剌，已有一百五十條以上的魚，大半都是青鬣。我說回去吧。舟子扔一套雨衣雨帽，叫我蹲在船板底。由是馬達開足，真是風急浪高，全船無一隱藏之地。這是我有生以來釣魚最滿意的一次。到岸上檢得二簍有餘，盡送堤上的海鮮飯店。這是一家有名的海鮮飯店，名為 Spadavecchia，打電話叫我太太來共嘗海味，並證明漁翁不盡是說謊話的人。而在此場中，也可看

到阿根廷國人集團唱歌，那種天真歡樂的熱鬧，為他國所難見到的。

紐約北及長島，南接新澤西州，釣魚的風氣甚盛，設備也好。長島近郊，如Creat Neck, Liule Neck, Port Washington，到處港中漁船無數，而Port Washington，尤其是我過一夏天的地方。閒來，拿個鐵筒，去摸蛤蜊，赤足在海濱沙上，以足趾亂摸。蛤蜊在海水中沙下一二寸，一觸即是，觸到時，用大趾及二趾夾上來，扔入桶中。同群的人，五六十尺外聽到咕噹一聲，便知同伴又檢一個，其中自有樂處。所以這地的人常有烤蛤蜊的宴會，名為Clam-bake。長島以北，尤近大洋，由此地出發入海的，多半意在鱉魚，因為此去以北，直至Martha's Vineyard，波士頓都是產龍蝦及鱉魚的佳地。我也曾在長島北部過一夏天。螃蟹隨海潮出入洲渚。站在橋上，看見螃蟹成群結隊而來。只用長竿蟹網，入水便得。所以住此地的人，吃螃蟹不要錢。沿海一帶，也不知有多少出海釣遊的村落。地名常加quolque一音，即印第安人留下的土語，指海灣小港。

最有名的是近Coney Island的羊頭塢（Sheepshead Bay），這是紐約全市的人常出海釣魚的船塢，夏天一到，可有三四十隻漁船，冬天也有十來條。船長八九十尺，一切設備都有，午餐總是三明治，漢堡煎牛肉及啤酒，熱咖啡之類，船上釣竿、釣鈎及一切的雜具應有盡有。魚餌也由船包辦。我們釣魚的男女老少，大半是外行，今日釣什麼魚，用什麼餌，釣鈎大小，魚出何處，都由船手幫忙指示，而到何處去釣，這幾天有什麼魚，船主卻是內行。早晨七時出發，一到船塢，就見多少船手站在岸上拉生意。船行約二小時，平常四時至五時可以登岸回家。每船約四五十人，各占釣位，以早到為宜。釣到大魚時，全船嘩然，前呼後應，甚是熱鬧，由水手拿長鈎及網下手，以免魚出水時，掙扎脫鈎而去。

最好的是七八月間，所謂藍魚（Bluefish）出現之時。這是一種猛悍捕食他類的魚。大概鯖魚出現，藍魚跟著就來追逐。所以釣藍魚，有與魚決鬥的意味。凡釣魚的人，最不喜歡溫馴上來的魚。若海底比目魚之類，一上鈎若無其事就拉上來。藍魚不然，一路掙脫，魚力又猛，可能費盡氣力，才能就範。稍靜一下，又來奮鬥，或者脫鈎而去。及見水面，銀光閃爍，拉你的線扯大圓圈，徑可一二丈外。所以同船的人的釣繩，也給他攪得絆來絆去。那時釣上魚要緊，等魚上板，以後慢慢分個頭緒，整理釣繩的糾葛。這藍魚上板時，仍然亂跳亂撥，掙扎到底，好不容易捉住。尤其是釣藍魚以夜間為宜。藍魚出現，海面上可有一百條船，成群結隊停泊海面。夜來時，月明星稀，海面燈光輝然，另是一番氣象。你休息時，或者魚不吃

餌時，儘管躺在船上，看檣影掛在星河，婆娑搖動，倒也可心神飄忽，翩翩欲仙。

驀然間船中響起，有人釣到大魚，全船譁然。乃起來再接再厲，鼓起精神垂釣。有一回已是九月初，藍魚已少，而留者特大。我和相如夜釣，相如釣上兩條，長如雨傘，重二十斤。只好每條裝一布袋，拂曉回家，太太正在睡鄉，忽然驚起，不信布袋中是何有腥味的大雨傘。這是我釣魚中最可記的一次。

（選自《無所不談合集》）

31·瑞士風光

盧幹盛夏湖光好。早也堪遊，晚也堪遊，怎不開懷上扁舟？老婆對我不嫌老。既不傷春，又不悲秋，俯仰風雲獨不愁。

釣翁之意非關釣。撲面楊枝，合我心期，水底行雲蕩漾時。何人解賞此中意？這是鷺飛，那是魚追，白首陶然共忘機。

（調寄採桑子，作於盧幹 Lugano 湖上）

近日遊興初發，好作俚詞。這原不足道，只為向來詞人，自立格調。若言所謂格調，溫柔中帶忠厚，纖麗中求婉約，自是不錯。惟統觀全體，不是傷春，便是悲秋，什麼夢斷魂消，什麼不堪回首，那堪秋雨，淚簌簌，好作妮子態，我想不必。詞中傷春多而樂春少，都是為春歸去，留不住傷神，這又何必？李後主「剪不斷，

理還亂，是離愁」，未嘗不妙。李清照「梧桐更兼細雨」自是一個愁字猶難了得。但是因此滿紙衰草殘楊，孤衾冷枕，一直愁到天明，以為非如此，便不足上追唐宋。東坡以詞說理談禪，稼軒即事敘景，本各人之性靈，為詞開一新境界，便有人（後山）以為東坡詞「如教坊雷大使之舞，雖極天下之工，要非本色。」所謂本色，豈非謂東坡脫卻綺羅香澤之本色？天風海濤，本無定格，何以詞人，春必傷而秋必悲？又何以只有春天的東風，及秋天之西風可詠，而無南風北風氣概？詞人又何必以此自限？故拙作表出「獨不愁」三字之意。舜歌南風，若以為南風可歌而不可入詞，這話是誰說的？大凡詩詞皆須格調，格調一破，遂不免氾濫。但學古也不可太拘，太拘遂成千篇一律之勢。總應格調與性靈兩皆顧到才是。

話說長了。由可蘑來盧幹；兩城都是湖山勝地，氣候相同。只因歷史關係，一屬意國，一屬瑞士。一入瑞士，便覺些少不同。瑞士這個國家北方操德語，西方操法文，南方操義大利文。這其中可觀出諸民族性之不同。盧幹湖在南，自然與義大利毗連，民族也與義大利人相近，而透入日爾曼族的民性。第一天來此，便覺得些微不同，在拉丁民族的熱誠真摯上，夾上日耳曼民族的沉靜剛健色彩。在溫柔的女子當中，也可偶爾看見骨格魁偉的女人。在苦中作樂的男人中，也可以看到自尋煩惱的丈夫。這須常遊歐洲的人才看得出。

德國人是嚴守法律的，一切都要循規蹈矩。人也規矩，城市來往車馬也規矩，員警也規矩。柏林有人乘電車，電車因紅燈停，有一搭客順便下車，便有另一搭客下去拉他上車，說所在地並非停車站。我在蘇黎世（在北方）曾過一夏天，為要取回護照事，去警察局。天啊，真是怪事！警察局辦公人員的桌上，有一排整整齊齊的圖章架，排成一行列。更觸目的是，凡當日應辦的案卷，平常自然是排在案上。但是這些案上，不但是案宗一套一套堆起一邊而已，是用界尺劃分築起！上下毫釐不爽。我心裡想，何苦呢？所以人家常講，要到瑞士，不如到洛桑等法文瑞士去。一切太規矩，人生就乏風韻了，我也曾在巴黎大銀行開戶，要結帳戶時，去找銀行。那知銀行關於我的案卷，一時找不出來。這還可以，我看那位行員，把別人的案卷，翻來覆去的亂扔，我就傷心。這就是我的帳戶找不出來的緣故。

瑞士以清潔著名。我曾在日內瓦的第三流客棧作一試驗。我有點不相信，所以曾在那客棧的黑暗的便房中，用手在牆角上抹一抹，果然一塵不染。日內瓦的電車，就像在油漆店開出來的。瑞士的三等火車，比頭等一樣整潔。瑞士的家主婆是打掃盥洗有名的。店門前天天早晨要用水沖洗。北歐諸國是如此，而瑞士更甚。蘇

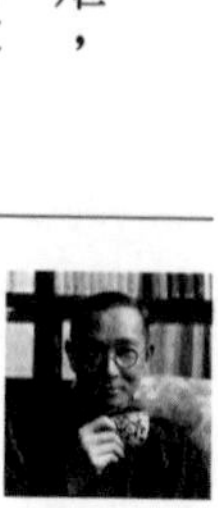

黎世城居民樓上，早晨就可看見家家主婦在窗口上打小地氈，真是出力的打，打，打。琉森星期日下午居民全家出來散步，男人的汗衫，是那樣的潔白晶亮，這都是德文瑞士的家主婆的功勞。日內瓦、洛桑等處，雖說法文，卻受日爾曼民風所熏染，所以也潔淨，只沒有蘇黎世潔淨的可怕。你住久了，還是羨慕法國火車的烏煙瘴氣。就有住在洛桑的女人，是我的讀者，曾對我表示抗議。人生何必自尋苦惱，整齊清潔到那樣程度？還是自由自在，規矩中帶點隨便吧。我最佩服中國常用語中的「隨便寬衣」四字。不然一天揖讓鞠躬，這民族不早精神衰弱下去了嗎？禮後乎？禮後也。

社會應規矩，但慎勿規矩過甚，不然人生就無味了。填詞要守格律，但慎勿入格套，不然就永不敢突破藩籬了。

（選自《無所不談合集》）

32・雜談奧國

這回我們由斐尼斯（威尼斯）北行，遊奧國十天，經過卡斯登湯山，維也納及莎斯堡（Badgastein, Vienna, Salzburg）。大抵盧幹以湖勝，斐尼斯以海勝，卡斯登以山勝，維也納以城勝，而莎斯堡不大不小，又兼眾長。出莎斯堡城二十哩，又是湖山勝地，即著名的莎斯堡湖區，Salzkammergut。五湖相連，真是范蠡西施可以終老之地。維也納本是貝多芬、舒伯特、史特勞斯等幾位大音樂作家舊地，莎斯堡又是莫札特的本鄉。每年八月舉行莫札特音樂大會，全世界崇拜莫札特的音樂家，由維也納各處來此演奏。在歐洲大陸聞名已久。

卡斯登是全歐有名的湯山（即溫泉）。很多上年紀的人，每年來此湯浴。湯水含有鐳錠質素，在醫生縝密監視之下治療，入水時間及水的熱度，皆由醫生派定。據說經過兩三星期治療以後，效驗卓著，肌肉骨節肝腸脈絡，皆得益處，其效驗常

有一年半年之久。在治療期間，飲食散步，又受醫生指定。在此千峰雲起，十里翠屏的山中，松間沙路行走，自然身體舒服，心地冰涼。就沒有鐳錠湯浴，也可以蕩滌城中一切的齷齪氣。我們來此，本不在浴，來時遇見瀟瀟暮雨，流檐殘滴，也就覺得束縛，真正「山才好處行還倦，詩未成時雨已催」，所以第三天便走了。

維也納是我舊遊之地，所以風景區也不去看，麗泉宮（Schoenbrunn）是十八世紀奧國皇家最盛時代女皇瑪利亞蒂雷莎（Maria-Theresa）的寶宮，收藏不少中國磁器，這也可以看出康熙、乾隆時代，歐洲崇拜中國絲綢磁器的風氣。

奧帝國在往時強盛無比，其幅員包括今日匈牙利、南斯拉夫、捷克及德國南部。甚至一時義大利的米蘭也被占領。所以我們明白南斯拉夫中小國（Montenegro譯義為黑山）太子被刺，能夠引起第一次世界大戰。拿破崙征服歐洲，也以奧國為對象。拿破崙亡，歐洲保存五十年的和平，也全靠維也納會議之力，政治重心在維也納。

第一次大戰完，德奧失敗，奧國這語言民族混雜的帝國，始瓜分為捷克、匈牙利、南斯拉夫等國。但是哈浦斯堡（Hapsburg）皇朝統治東歐有七八百年之久，皇親國戚與歐洲各國皇室締結姻緣。法國路易第十六的皇后，在革命時被斬首的

Marie-Antoinette，便是瑪利亞蒂雷莎的親女兒。所以哈浦斯堡的姓氏，叫得震天響，比漢、唐皇室還煊赫。

現在維也納城可以看到，凡此皇朝子孫的屍骸葬在卡布新僧院禮堂（內有十二位皇帝及十六位皇后及一百多位公爵的石棺），皇族的心肝另用銅瓶保存在歐古斯丁僧院禮堂，而五臟又在斯提反大禮堂地窖中保存。可見哈浦斯堡皇家的肝腸心臟也都寶貴。我不去看那些，只在城中多瑙（Danube）河岸與至怡釣魚。但是毫無成績。

我們的目的地是莎斯堡。莎斯堡襟山帶河，是全歐最美麗的名城之一。我每次來此，總是留戀，清江石橋，都是舊相識。這回又逢莫札特音樂大會時間。一次我在彼得禮堂禮拜，不買門票，聽到維也納歌隊及莎斯堡管弦合奏，在半空中琴臺奏起來，真是一生難忘的經驗。普通的禮拜堂，只有大風琴，沒有提琴，是傳統使然，全無道理。因提琴及管弦，沉重不如風琴，而悠揚過之。這回總算飽享耳福了。也看過一次世界有名的傀儡戲，演的是莫札特 IlSeraglio 的歌劇，只是傀儡代人登場而已。

莫札特就是莎斯堡，莎斯堡就是莫札特。莫札特（一七五六～一七九一）是個天才，而且是個神童。他父親是音樂家。他六歲就開始作曲，八歲已經有好幾部作品。後來父親讓他到羅馬。他在梵蒂崗小禮堂 Sistine Chapel 聽過一次聖曲回來，真是過耳成誦，原原本本將那聖曲寫下來。當時也曾受主教及皇帝的寵遇，後來新任皇帝，不大睬他，莎斯堡的新主教又妒他的才，與他為難。他一氣跑到維也納去著作，維持生活。真是潦倒不堪，他的傑作是此時所寫的，雖然拼命創作，但是窮得不堪。三十五歲便夭亡，葬在貧民公墓，到現在他的墳墓還是無法發見。大概天才憎命運，比比皆然。貝多芬、舒伯特都是如此，舒伯特夭，而貝多芬聾。上天對天才不應有恨，何以必使偃蹇困頓終身？貝多芬自序一篇文章（Heiligenstadt Testament）讀來叫你流淚。

城外約二十英哩，便是莫札特母親及姊姊所居的小鎮 St. Gilgen 這是在上文所說五湖之一，一路盡是芳草綠茵。小鎮在湖邊，斷雲依水，空翠煙霏。此地的山秀媚而不雄壯，是一副天然的倪雲林畫，真真是憑吊天才之地。城中有一小小的莫札特銅像，下有十二小鳥在那邊飲噴泉水。該像不過高二尺，莫札特在拉弦琴。但是姿勢非常動人。吾向不善流淚，到此也淚流了。他的音樂，是那樣細膩纏綿，是含淚而笑的一種。

說起莫札特，曾引出一個小故事。聽說近今有一個十歲兒童，寫信給一位音樂大師，請他教他作曲。

大師說：「你十歲小孩子，怎麼想作曲？」

小孩子答：「莫札特八歲就已經會作曲。我為什麼不能？」

大師回答：「但是莫札特並不需要請教人家啊！」

莎斯堡女人的腿真美。你不看，也得看。我與翠凡過街，紅燈亮時對面的行人都站齊；綠燈來，所有的腿一齊動，惹人注意。真是豐瘦得中，足踝特細，我們因此特別注意，覺得就是胖婦，上身肥壯，兩腿依然豐滿得中，有和諧的曲線，沒有例外。他城便常看到足踝臃腫的女人。這種廣如竹筒的足踝只有現代畫家才能賞識，是畢卡索（Picasso）的作風。

為什麼足踝如竹筒，而眼神如白癡，才可入畫呢？這須讓畢卡索一派的人去解釋。有一故事，話說巴黎有兩位男人。一日甲對乙說：「你要恭喜我。我昨天交到一位美如天仙似的女朋友。」

「真的？你可以介紹給我看嗎？」

「當然。」

「什麼時候？禮拜六中午，就在這咖啡館好不好？」

「我準時必到，沒有問題。」

星期六中午，甲乙又到咖啡館等那天仙似的女人。

「你真愛她？」

「真的。你看見了就同意。」

不久，有一位漂亮女人經過。打扮的非常入時。乙心裡狂跳，問是她嗎？甲說不是。又一會兒，來了一位中歲女人，衣服素淡，但是走來風韻猶存。乙又問，甲又說不是。又一會兒，來了一個鄉下女子，自是一個小家碧玉，不施朱粉，天真爛漫，向他們微笑。乙準以為這就是了。甲又說不是。乙有點失望。正在他望眼欲穿的時候，走來一個腿如竹筒，彎鼻眯目的婦人，脖子下垂，肩背朝天，眼如白癡，欣欣向他們走來。甲就馬上起立，向乙介紹。

「這位就是我跟你講過的美人。」

乙呆了一會，不勝駭異。心裡稱怪，臉上卻不肯表情。

「怎麼？她不是非常美嗎？你不喜歡嗎？」

乙只好搖搖頭。於是甲對乙說：

「那末，可知你也不喜歡畢卡索了。」

我曾見中央日報副刊發表吳稚暉嘲謔抽象畫的打油詩：

「遠看一朵花，近看是烏鴉。原來是山水，哎啊我的媽。」

我們可以下一轉語，詠抽象派的女人肖像：

「遠看似香腸。近看蛋花湯。原來是太太。哎啊，我的娘！」

（選自《無所不談合集》）

33．來臺後二十四快事

金聖嘆批西廂，拷艷一折，有三十三個「不亦快哉」。這是他與朋友斫山賭說人生快意之事，二十年後想起這事，寫成這段妙文。此三十三「不亦快哉」我曾譯成英文，列入《生活的藝術》書中，引起多少西方人士的來信，特別嘉許。也有一位老太婆寫出她三十三個人生快事，寄給我看。金聖嘆的才氣文章，在今日看來，是抒情派，浪漫派。目所見，耳所聞，心所思，才氣橫溢，盡可入文。我想他所做的西廂記序文「慟哭古人」及「留贈後人」，詼諧中有至理，又含有人生之隱痛，可與莊生「齊物論」媲美。

茲舉一二例，以概其餘。

其一、朝眠初覺，似聞家人嘆息之聲，言某人夜來已死。急呼而訊之，正是城中第一絕有心計人。不亦快哉！

其一、久欲為比邱，苦不得公然吃肉。若許為比邱，又得公然吃肉，則夏日以熱湯快刀，淨割頭髮，不亦快哉！

其一、夏日早起，看人於松棚下鋸大竹作筒用。不亦快哉！

仿此；我也來寫來臺以後的快事廿四條——

一、華氏表九十五度，赤膊赤腳，關起門來，學顧千里裸體讀經，不亦快哉！

二、初回祖國，賃居山上，聽見隔壁婦人以不乾不淨的閩南語罵小孩，北方人不懂，我卻懂。不亦快哉！

三、到電影院坐下，聽見隔座女郎說起鄉音，如回故鄉。不亦快哉！

四、無意中傷及思凡的尼姑。看見一群和尚起來替尼姑打抱不平，聲淚俱下。不亦快哉！

五、黃昏時候，工作完，飯罷，既吃西瓜，一人坐在陽臺上獨自乘涼，口銜煙斗，若吃煙，若不吃煙。看前山慢慢沉入夜色的朦朧裡，下面天母燈光閃爍，清風徐來，若有所思，若無所思。不亦快哉！

六、赴酒席，座上都是貴要，冷氣機不靈，大家熱昏昏受罪，卻都彬彬有禮，不敢隨便。忽聞主人呼寬衣。我問領帶呢？主人說不必拘禮，如蒙大赦。不亦快哉！

七、看電視兒童合唱。見一小孩特別起勁，張口大唱，又伸手挖鼻子，逍遙自在。不亦快哉！

八、聽男人歌唱，聲音懾氣發自腹膜，喉嚨放鬆，自然嘹亮。不亦快哉！

九、某明星打武俠，眉宇嘴角，自有一番英雌氣象，與眾不同。不亦快哉！

十、看小孩吃西瓜，或水蜜桃，瓜汁桃汁入喉嚨兀兀作響，口水直流胸前，想人生至樂，莫過於此，不亦快哉！

十一、什麼青果合作社辦事人送金碗、金杯以為二十年紀念，目無法紀，黑幕重重。忽然間跑出來一批青年，未經世事；卻是學過法律，依法搜查證據，提出檢舉。把這些城狐社鼠捉將官裡去，依法懲辦。不亦快哉！

十二、冒充和尚，不守清規，姦殺女子，聞已處死。不亦快哉！

十三、看人家想攻擊白話文學，又不懂白話文學；想提倡文言，又不懂文言。不亦快哉！

十四、讀書為考試，考試為升學，為留美。教育當事人，也像煞有介事辦聯考，陣容嚴整，浩浩蕩蕩而來，並以分數派定科系，以為這是辦教育。總統文告，提醒教育目標不在升學考試，而在啟發兒童的心智及思想力。不亦快哉！

十五、報載中華棒球隊，三戰三捷，取得世界兒童棒球王座，使我跳了又叫，叫了又跳。不亦快哉！

十六、我們的紀政創造世界運動百米紀錄。不亦快哉！

十七、八十老翁何應欽上將提倡已經通用的俗字，使未老先衰的前清遺少面有愧色。不亦快哉。

十八、時代進步，見人出殯用留聲唱片代和尚誦經。不亦快哉！

十九、大姑娘穿短褲，小閨女跳高欄，使老學究掩面遮眼，口裡呼「嘖嘖！者者！」不亦快哉！

二十、能作文的人，少可與談。可與談的人，做起文章又是一副道學面孔，排八字腳說話。倘遇可與談者，寫起文章，也如與密友相逢，促膝談心，如行雲流水道來，不亦快哉！

廿一、早餐一面喝咖啡，一面看「中副」文壽的方塊文字，或翻開新生報，見

轉載「艾子後語」，好像咖啡杯多放一塊糖。不亦快哉！

廿二、臺北新開往北投超速公路，履險如夷，自圓環至北投十八分鐘可以到達。不亦快哉！

廿三、家中閒時不能不看電視，看電視，不得不聽廣告，倘能看電視而不聽廣告。不亦快哉。

廿四、宅中有園，園中有屋，屋中有院，院中有樹，樹上見天，天中有月。不亦快哉！

（選自《無所不談合集》）

34・記鳥語

到了日月潭，每一個毛孔都舒服起來了。毛孔可以洩汗，洩汗就可以使汗化氣，汗化氣即減少熱度，所以這是一副天然冷氣機。人身有三萬六千毛孔，就有三萬六千架的小型冷氣機。所以出得汗，就爽快。避暑要訣，倒不一定在不出汗，是必要出汗時，汗出得來。你穿上洋服，掛領帶就有十一層布封在脖頸上，把冷氣機堵住，汗出不來，氣洩不得，非造物之罪也。（外衣領處必是夾的，故兩層，再翻領是四層；襯衫此處又翻領又為四，合為八，領帶二，又加當中鋪墊一層為三，故為十一，即十一道封條，不許洩氣。）假定不被封鎖，清風徐來，輕輕吹過毛孔上小毛，就非常適意。若是不居山上而居城市，山風吹不到，是人為的，又非造物之罪也。領帶之為物，乃北歐寒帶演化出來的服裝，與熱帶最不相宜。有時入鄉隨俗，不得不帶，真是無可如何。

這且表過不提，單說日月潭的鳥語。

公冶長懂鳥語，這不是不可能，只是常人不大理會而已。語言發源於詩歌，先有感嘆吟唱，然後有文字語言。這是語言學上的 Sing-Song Theory。世界文學史，都是先有詩歌，才有散文，所謂「詩亡然後春秋（散文）作。」本來是應當如此的。所謂語言，只是傳達意思的方法。蜜蜂覓到好花盛開處，回來巢中向他蜂作特種跳舞，報導消息，並指示花園方向，是一種語言。兩蟻相遇於途中，交須一會，亦是傳達意思。所以中文說鳥語，不說鳥歌，是對的，是能特別體會鳥類的生活。

新近我家買幾隻雞來養。有一早晨一小雄雞忽然學唱，負起他司晨的責任了。其聲音嘶而促，絕不像大雄雞的響徹。你絕對想不到，這一唱，把籠中的小姐都發昏了，個個心裡亂跳，發出溫柔繾綣的聲音，說「我在此地」。其聲音，有母雞呼小雞的溫柔，而卻沒有老母雞的粗鄙。

日月潭有各種野鳥。在晨光熹微、宇宙沉寂，可惡的人類尚在夢寐中之時，眾鳥可自由自在無憂無慮的開他們的交響樂會。大概日月潭的鳥語可分四五種，而最特別的是一種我所謂時哉鳥，唱的主調是「時哉——時哉！」重疊的唱，而加以啁啾的囀喉音。那天我沒聽見子規鳥的「思歸！思歸！」不知有沒有。我想春天應該有的。江浙人說子規的叫是弟弟哭他被繼母迫死的哥哥，泣血而死，化為杜鵑，因為江浙音呼「哥哥」為「孤孤」。眾鳥的語式不同，其中也有：

「快起來！快起來！」這是早眠早起很勤謹的一種小鳥，呼其同類，快去覓好蟲吃。

「朦！朦！害朦！」聲音非常粗暴。這是一種厭世的岩棲高士，以為舉世沉濁，不足與莊語，無疑的，他是黃老派的。

「莫躊躇！莫要躊躇！可別糊塗」——聲音非常輕細而婉約動人。

其餘還有僅發唧唧咄咄的短音。時哉鳥，唱的囀音特別多，夾雜別的話，再以「時哉！時哉！」主題為結束。

這樣此唱彼和，隔山相應，鳥音渡水而來，以湖山為背景，以林木為響聲，透過破曉的藍天，傳到我的耳朵來，自然成一部天然的交響奏。這是在庭院內以鳥籠養鳥所領略不到的氣象，其自然節奏及安插，連他們的靜寂停頓而後再來，都是有生氣的，百鳥齊鳴的情形，大率（大概）如下：

「啾啾！還不起？快起來！快起來！我說快起來！」忽然天上傳來的美樂，SO, MI, RE, DO — SO , SO, MI, RE, DO……TR……TR, TR 時哉！時哉……TR，可

不是嗎？……時哉！時哉！……不起，不起，還不起？SO, MI, RE, DO — SO, SO, MI, RE, DO……莫躊躇！別糊塗，莫要躊躇……TR……時哉，時哉，時哉！可不是嗎？時哉！時哉！時哉！還不起，還不起？臊！臊！害臊！SO, MI, RE, DO — SO, SO, SO, MI, RE, DO（靜默半分鐘）……啾！……啾！啾，莫糊塗，莫躊躇……時哉！時哉！時哉！……」

（選自《無所不談合集》）

35・論買東西

通常人的意見，認為一個捧書本的人不宜做買賣。此中似有至理。孔子說「富而可求」，雖然做馬夫，他也願意。的確，做生意有生意經，不懂這一行的人，投機無不失敗。大賈富商，自有其天生的一副才幹，何時應買進，何時應脫貨，操縱自如，當機立斷，自有其不可捉摸的天才。這是另一種的聰明，生而知者一類，別人學不來。我常買不當的東西，而不買所當買，或是買來人所認為無用之物。太太說我買東西做小交易不行，我委實不行，但是也自有我不行的道理。

人有理智，但未必是理性的動物。細想小時念書，數學並不覺得難，但是辦事精明一道，實在不無遺憾。有些地方，買賣還價應該比開價少五六成，我總是以九折還價；要是還一半的價，我總開不出口。以前在國外與一家書局簽定合同，也是非常「瀟灑」，帶幾分書生本色，書局要怎麼樣就怎麼樣，大家是朋友，毫不計較，概當以慷合同就簽了。過了一二十年才明白朋友開書局也是為賺錢的，這損失

的版稅也就可觀，但是已後悔無及了。年事漸長，閱歷漸深，以後訂合同，就沒有「不治生產」那一套書生本色了。

此是話外不題，單說我做小交易買所不當買的道理。

徜徉街頭，看看店窗中陳列的貨物，視而不買，自是一種樂趣，是居城市中人一種不花錢消遣的方法（英語叫做 Window Shopping），因為不花錢，一看就可看幾十家。但是因為看，有時就不免停足，飽享眼福。婦女閨秀過鞋店，沒有不停足凝視的。有時感情衝動，由停足而跨進店門，就難保不買所不當買的東西了。我過文具店、五金雜貨也必停足。有一回我跨進五金店的門，買了一把錘子，一圈銅絲，和不少可用而不必要用的鋼鐵器物。原因很簡單，起初倒無意要買什麼。可是店主是一口真正的龍溪話。普通的閩南話，都有多少縣分的腔調不同。生為龍溪人，聽到真正的故鄉的音調，難免覺得特別的溫情。我們一談談到漳州的東門，又談到江東大石橋，又談到漳州的礆水桃、鮮牛奶，不覺一片兒時的歡欣喜樂，一齊湧上心頭。誰無故鄉情，怎麼可以不買點東西空手走出去？於是我們和和氣氣做一段小交易，拿了一大捆東西回家。

「Y・T・你又買一把錘子，我們已經有一把。」

「一把找不到，還有一把。不是兩把好嗎？」

「銅絲鉛條我們一大堆。又那些箱子、釘子、螺旋扛重器有什麼用處？」

「一點沒有用處。」

「那你買他做甚？」

「我不知道。」

人不能無常情，為故鄉情而買不必用之物，是不可以理喻的。大概人家做生意，又不是向你乞貸，你心裡高興，又得到物件實惠，不能算花冤枉錢。花冤枉錢的，是走入洋行，有錢要買東西，偏偏遭人白眼不理。香港某家洋行，貨色十分高貴，女店員是有名的十足洋奴，喜歡伺候洋大人，看見自己同胞，總是要理不理，令人生氣，後來我要買一件需要的東西，裝個神氣，穿洋服，一進去就是打起洋大人吩咐家僮的架子，向女店員說一口漂亮的英語，果然得該店員貼貼服服的招呼。大概這種地方，少走為是。

買東西也是與小孩子接近的好機會。你在街上踱步，無故總不好意思和小孩子攀談。人家在玩，一問一答就完了。大概十幾歲小孩，能代父母管店的，都還不錯。小孩子怎樣調皮，也沒有大人的陰詐虛偽。

有一回在中山北路某文具店，有一個十二三歲小孩子看店，一說了錯話，臉就紅起來。我想非買他的東西不可，因為我知道臉紅不能假的。於是我們成交二百多元。論理這一大堆的大信封、卷宗套子、尺、原子筆，都是家裡已有的東西，不必買，無須買。然而買時小孩子一對黑漆的眼珠那麼大，他也高興，我也高興。這是買東西的藝術，而我是買東西的藝術家。

人生在世，年事越長，心思計慮越繁，反乎自然的行為越多，而臉皮越厚。比起小孩子，總如少了一個什麼說不出來的東西，少了一個X。就說求其放心吧，亡羊亡馬可以求之，所亡的放心怎樣求法，恐怕未必求得來。這是人生的神秘，也是人生的悲劇。我想還是留點溫情吧，不然此心一放，收不回來，就成牛山濯濯的老滑巨奸了。

宋儒喜歡講明心見性，以莊以誠求之，要除去物欲之蔽。無奈此心此性，總是空的，到了無蔽無欲的境地，便愈空無所有，而以莊以敬，反而日趨虛偽。就使你做到明心見性便如何，此顏習齋之所以不滿於程朱之學而起了抗議。我想心不必明，性不必見，只看看小孩子好了。

（選自《無所不談合集》）

36・做人的十大俗氣

首先，來談談社會十大俗氣：

一、腰有十文錢必振衣作響；

二、每與人言必談及貴戚；

三、遇美人必急索登床；

四、見到問路之人必作傲睨之態；

五、與朋友相聚便喋喋高吟其酸腐詩文；

六、頭已花白卻喜唱豔曲；

七、施人一小惠便廣布於眾；

八、與人交談便借刁言以逞才；

九、借人之債時其臉如丐，被人索償時則其態如王；

十、見人常多蜜語而背地卻常揭人短處。

我向來不勸人做文人，只要做人便是。

顏之推《家訓》中說過：「但成學士，亦足為人，必乏天才，勿強操筆。」

你們要明白，不做文人，還可以做人，一做文人，做人就不甚容易。如果不做文人，而可以做人，也算不愧父母之養育師傅之教訓，子夏所謂賢與不賢，事父母能竭其力，事君能致其身，與朋友交，言而有信，雖曰未學，吾必謂之學矣。孔子所謂行有餘力，則以學文。可見行字重要在文字之上。文做不好有什麼要緊？人卻不可不做好。

我想行字是第一，文字在其次。行如吃飯，文如吃點心。單吃點心，不吃飯是不行的。

現代人的毛病就是把點心當飯吃，文章非常莊重，而行為非常幽默。中國的幽默大家不是蘇東坡，不是袁中郎，不是東方朔，而是把一切國事當兒戲，把官廳當家祠，依違兩可，昏昏冥冥生子生孫，度此一生的人。

我主張應當反過來，做人應該規矩一點，而行文不妨放逸些。

你能一天苦幹，能認真辦鐵路，火車開准時刻，或認真辦小學，叫學生得實益，到了晚上看看小書，國不會亡的，就是看梅蘭芳，楊小樓，甚至到跳舞場擁舞女，國也不會亡。

文學不應該過於嚴肅枯燥，過於嚴肅無味，人家就看不下去。因為文學像點心，不妨精雅一點，技巧一點。做人道理卻應該認清。

但是在下還有一句話。我勸諸位不要做文人，因為做文人非遭同行臭 不可，但是有人性好文學，總要掉弄文墨。

既做文人，而不預備成為文妓，就只有一道：就是帶一點丈夫氣，說自己胸中的話，不要取媚於世，這樣身分自會高。

要有點膽量，獨抒己見，不隨波逐流，就是文人的身分。所言是真知灼見的話，所見是高人一等之理，所寫是優美動人的文，獨往獨來，存真保誠，有氣骨，有識見，有操守，這樣的文人是做得的。

袁中郎說得好：「物之傳者必以質，（質就是誠實，不空疏，有自己的見地，這是由思與學煉來的。）文之不傳，非不工也。樹之不實，非無花葉也。人之不澤，非無膚發也。文章亦爾。（一人必有一人忠實的思想骨幹，文字辭藻都是餘事。）行世者必真，悅俗者必媚，真久必見，媚久必厭，自然之理也。」

這樣就同時可以做文人，也可以做人。

附錄㈠・林語堂的愛情故事

在鼓浪嶼愛情故事裡，流傳最廣、也最為動人者，當屬林語堂燒婚書了。一九一九年，林語堂、廖翠鳳在鼓浪嶼完婚。後來他們到上海，他徵得她的同意，把婚書付之一炬，理由為婚書不過是個形式，而且，「只是離婚時才用得著」。

毫無疑問，這是典型的林語堂式做法。他愛說、愛笑、愛自由、愛遊戲人間。他不喜歡一切限制人的東西，諸如領帶、腰帶、鞋帶；同時，他是個認真的人，他認真地對待信仰、寫作、生活，而燒掉婚書，也和特立獨行，抑或心血來潮，毫無關係，實則恰恰是他認真對待婚姻、家庭的表現。

這是為何？

要解釋這一點，我們就要，從頭說起。

實際上，在一開始，無論是林語堂，還是廖翠鳳，都不會想到他們彼此才是和對方共度一生的那個人。

廖翠鳳的家，在鼓浪嶼漳州路上。林語堂就讀的尋源中學，也在鼓浪嶼漳州路。畢業的那一天，林語堂特意坐在宿舍窗邊，「靜心冥想足有半點鐘功夫」。後來他在自傳裡說，他是要「故意留此印象在腦中作為將來的記憶」。

隨後他入讀上海聖約翰大學。在那裡，他對陳錦端一見鍾情。

陳錦端也是鼓浪嶼人，當時正在聖約翰隔壁的聖瑪麗女校念書。和聖約翰一樣，聖瑪麗女校也是當時上海數一數二的好學校，比如，後來像林語堂一樣名動天下的女作家張愛玲，即出自聖瑪麗女校。

陳錦端這個名字，大概是出自李商隱的詩，即《錦瑟》的前兩句「錦瑟無端五十弦，一弦一柱思華年。」應當說，這是一個很美的名字，但同時也帶有一種傷感的氣息，因為這首詩的後兩句為：「此情可待成追憶，只是當時已惘然。」

關於陳錦端的樣子，林語堂曾在自傳裡有過一句短短的描述：「她生得確是奇美無比」。她特別吸引他的，還有那種和他一樣的天真的孩子氣。那時林語堂覺得，她就是美的化身。

他們遊公園、看電影。放了暑假，林語堂也常常跑到鼓浪嶼陳家做客，表面上是去找他的大學好友——陳錦端的哥哥陳希佐，實際上是去見陳錦端。

青年男女的心事，很快碰到堅硬的現實。陳錦端的父親陳天恩知道了林語堂在追求他的女兒，大不以為然。

按照林語堂後來的解釋，那是因為，陳天恩既是鼓浪嶼上的富商，也是鼓浪嶼上的名醫、名流，看不上他這個鄉下窮牧師的兒子，而是要「從一個名望之家」為女兒「物色一個金龜婿」。

我們不妨將此看作林語堂的一方說法。實際上，當時讓陳天恩心中忐忑的，大概另有其因——他是一個虔誠的基督徒，而青年林語堂，正處於一個叛逆期。

在大學的假期，林語堂曾在家鄉的教會裡登壇講道，稱應當將舊約《聖經》看作文學作品，比如《約伯記》是戲劇，《列王紀》是猶太歷史，《雅歌》是情歌，而《創世紀》、《出埃及記》是很好的、有趣的神話和傳說——他說，他的這些宣教詞，把他樸實的老父親「嚇得驚慌失措」。

毫無疑問，他的這些故事，傳到鼓浪嶼陳醫生的耳中，也讓陳醫生對是否要做他的未來岳父一事，感到坐臥不安。

但陳醫生也不想讓青年林語堂難過，他想讓林語堂轉移一下注意力。錢莊老闆廖悅發是他的鄰居，女兒廖翠鳳尚未許人。他主動跑到廖家去做媒，想要把林語堂介紹給廖家。

林語堂聽到這個消息，羞愧的無地自容，感覺自己像是陳醫生腳下的一個皮球。他垂頭喪氣地回到家鄉阪仔，希望得到安慰，不料家人也都贊成這門親事。

那時，廖翠鳳已經在悄悄地注意他了。他和廖翠鳳的哥哥廖照超也是大學同學，因此也不時到廖家做客。後來林語堂寫道：「在吃飯之時，我知道有一雙眼睛在某處向我張望。後來我妻子告訴我，當時她是在數我吃幾碗飯。」

對此，林語堂的女兒林太乙也在《林語堂自傳》裡寫道：「翠鳳躲在屏風後，看見的是個無拘無束的青年，一表人才，談笑風生，衣著隨便，而胃口極好。翠鳳不覺心動。」這些，大概是後來林語堂、廖翠鳳在家裡講給女兒的。

這個擇婿故事，和《世說新語》的一則故事，有異曲同工之妙——太傅郗鑒聽說琅邪王氏的子侄都很英俊，就派門生到王家去。門生回去後對郗鑒說：「王家的年輕人都很值得稱讚，他們聽說來選女婿，都仔細打扮了一番，竭力保持莊重，只有一個青年在東邊的床上露出肚皮看書，唯獨他神色自若，好像漠不關心似的。」

郗鑒說：「這人真是好女婿！」原來是王羲之，郗鑒隨後就把女兒郗璿嫁給了他。

年輕的廖翠鳳一眼就看中了林語堂就是她要找的那個東床快婿，她心裡覺得安慰、高興。母親問她：「語堂是個牧師的兒子，但是家裡沒有錢。」她堅定而得意地回答：「窮有什麼關係？」

林語堂的大姐和廖翠鳳曾是毓德女中的同學。她喜歡廖翠鳳，對林語堂說，廖翠鳳端端正正、落落大方，一幅大家閨秀的風範，將來一定是個賢妻良母。

對此，林語堂後來在自傳裡說，他「深表同意」。

在兩家人的安排下，二人訂了親。

但婚事卻一拖再拖。從聖約翰畢業後，林語堂到清華任教，按照慣例，他可於三年後在清華申請官費到美國留學。廖翠鳳比林語堂小一歲，但在林語堂服務清華三年期滿之時，她也24歲了，那時這個年齡的女子都已結婚生子，而她還沒有出嫁。她心裡天天問：「你怎麼不回來娶我？」

一九一九年，林語堂即將前往哈佛。行前，他和廖翠鳳完婚。

老父親林至誠心裡樂開了花，他在平和阪仔的鄉下，一直做著讓子女入讀世界頂級大學的夢，如今這個夢成真了。還有一個稱心的兒媳婦同去。他開心地吩咐：

「新娘的花轎要大頂的，新娘子是胖胖地唷！」廖翠鳳聽了，又羞又惱。

婚後三天，二人赴美。

按照今天的話來說，林語堂、廖翠鳳的結合，是「先結婚，後戀愛」。

林家女兒林太乙則說，從嫁給林語堂的那一刻起，廖翠鳳就決定——「她像個海葵，牢牢地吸在一塊石頭上，吸住不放。這石頭就是她的生命。石頭如果遷移到哪裡，海葵也跟到哪裡……她將為語堂建立一個家。」

在哈佛，他一早就去學校，不上課就紮進圖書館。她買菜、燒飯、洗衣服，精打細算地用好每一枚銅板。他說，他不相信耶穌是童女生的，她聽了，覺得他在胡說八道，但希望這些話只對她一人講，千萬不要講給別人；她盲腸炎發作，他安慰她說割盲腸是個小手術。出院時，天降暴雪，街上不能行車，他弄來一架雪橇，拉她回家。廖翠鳳曾有過的顧慮，都一一消除了。

林語堂也愈來愈喜歡家庭生活。

在哈佛讀完一年，因為清華經費的一場變故，林語堂的公費津貼突然沒了。他申請到法國為「一戰」華工服務，以獲得一些積蓄，在歐洲完成學業，哈佛方面同意他可以用法國大學的課程來完成哈佛所需的學分。完成哈佛碩士學業後，他又到

德國萊比錫大學攻讀博士。

為了維持生活，廖翠鳳不得不變賣首飾。她一邊變賣，一邊心疼，因為西方人不懂中國玉器的價值。這時，她也懷孕了，經濟上的窘迫，使他們決定回國分娩。他們訂了票，預定在博士論文答辯當天就離開萊比錫。

答辯時，林語堂從一個教室跑到另一個教室，廖翠鳳提心弔膽地等待。十一點，答辯結束，他跑回家，她在門口等著，一見他就問：「怎麼樣？」他說：「好了。」她就在大街上，給他一個吻。

後來，林語堂這樣回憶：「我和我太太的婚姻是舊式的，是由父母認真挑選的。這種婚姻的特點，是愛情由結婚才開始，是以婚姻為基礎而發展的。我們年齡越大，越知道珍惜值得珍惜的東西。由男女之差異而互相補足，所生的快樂幸福，只有任憑自然了。在年輕時同共艱苦患難，會一直留在心中，一生不忘。」

一九二三年，廖翠鳳在鼓浪嶼生下長女。當年秋天，他們到了北京。林語堂出任北大英文教授，一到校，他就向北大教務長蔣夢麟致謝，感謝北大在他留學的困頓之時，通過胡適預支了兩千美元給他。蔣夢麟很納悶：「什麼兩千元錢？」林語堂這才知道，那在當時堪稱巨額的一筆款子，都是胡適自掏腰包寄給他的。對此，胡適一直隻字不提。

像林語堂一樣，胡適作為新文化運動的代表人物，其婚姻也是舊式婚姻——依照母親所定的婚約，在留學歸國後迎娶了江東秀。真君子，並不做「家庭革命」。

在北京，林語堂也迅速成為中國現代文學的代表人物。每兩周，林語堂、魯迅、錢玄同、孫伏園、劉半農、郁達夫等人在北京中央公園（今中山公園）聚一次，喝茶、吃麵、嗑瓜子、聊天。

那時，魯迅正在和許廣平談戀愛，但是到幾年後魯迅和許廣平在滬同居時，林語堂仍然不明白他們二人到底是什麼關係，為此還跑去問郁達夫：「魯迅和許女士，究竟是怎麼回事？」郁達夫笑一笑，反問他怎麼不知道呢？

一直到許廣平生下周海嬰，林語堂才恍然大悟，原來當時魯迅約他和孫伏園等人合拍的那張讓許廣平居中的照片，就是「結婚照」，用意在於讓林語堂等朋友做事實上的證婚人。

至於郁達夫，因為和王映霞的結婚及分手，曾數度激出滿城風雨。

相較之下，林文堂喜歡平靜的婚姻生活，反而顯得特立獨行了。

在外，林語堂是新文學旗手；在家，他是「邋遢寫」的任性孩子。

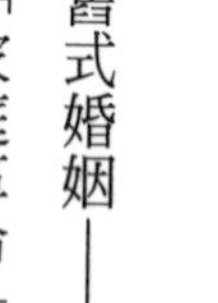

一九二六年，「三一八」慘案發生後，有傳言說林語堂已經上了北洋政府的捕殺名單，這讓廖翠鳳時時刻刻都為他擔心。她勸他，不要再寫批評文章了，他不聽，堅持要寫，說：「罵人是保持學者的尊嚴，不罵人才是丟了學者的人格。」她生氣了，說：「你在『邋遢講』。」這是一句她喜歡用的廈門話，意思是胡言亂語。

那時她正懷著孕，要生第二個女兒了，她只希望一切平平安安。

對此，倒也不必認為廖翠鳳在阻攔林語堂。比如，台灣作家吳念真曾說，他有一次經過村裡的樹下，聽到男人們在聊當年有人在「二二八」事件中如何勇敢、仗義，回到家，卻聽到他媽媽正在講那個人的妻子如何用許多廢布縫成漂亮的被子，以及如何讓小孩改吃比米便宜的麵粉食品。

為什麼會有這些態度差異？他想了後認為，這是因為男性想到的似乎是打破困境，而女性則想著如何度過困境。再後來，「邋遢講」變成了林家的口頭禪。

一九三二年後，林語堂在上海陸續創辦《論語》、《人間世》等雜誌，同時，他寫的《開明英文讀本》也大受歡迎。對於林語堂為什麼要提倡幽默，還想發明中文打字機，廖翠鳳都不太清楚，但是她想跟上他。雖然她依然會說他「邋遢講」，但這種對話，已經成為二人之間的互相調侃。比如，她說：「堂啊，你還在邋遢講，來睡覺吧。」他說：「我邋遢講，可以賺錢呀。」

後來，當三個女兒日漸長大，他們夫妻二人的這種對話方式，對孩子們來說，就是一種日常生活。

林太乙這樣回憶說：「父親身高五呎四吋，母親身高五呎，兩人站在一起，一問一答，非常可愛。他們時常有像相聲的對白。」

一九三五年後，林語堂、廖翠鳳旅居紐約，二人之間的這種「相聲的對白」愈發多起來。比如，廖翠鳳在燒菜，林語堂站一旁，一邊圍觀，一邊說：「看呀！一定要用左手拿鏟子，炒出來的菜才會香。」廖翠鳳說：「堂呀，不要站在這裡囉嗦。」又比如，林語堂對朋友說：「我像個輕氣球，要不是鳳拉住，我不知道要飄到哪裡去。」她就點點頭，天真又驕傲地和聲說：「要不是我拉住，他不知道要飄到哪裡去。」

想起以前等待出嫁的日子，想起這些年來的生活。她感到越來越滿意。她有時盯著他看半晌，林語堂不等她開口，就替她說：「堂呀，你有眼屎，你的鼻毛要剪了，你的牙齒給香菸燻黑了，要多用牙膏刷刷，你今天下午要去理髮了。」說完，

哈哈大笑。

三個孩子成績都很好。她說：「語堂啊，你的種子好，這三個孩子是真米正鹹（註：不是假貨），都聰明。」

但是，隨著林語堂名氣越來越大，她也不免擔心。一天晚上，她問他，會不會嫌她不好？他說，你放心，我不要什麼才女為妻，我要的是賢妻良母，你就是。

的確如此，廖翠鳳是個頂好的妻子。婚姻生活過的愈久，他越是肯定這一點。

他不喜歡矯揉造作的女人，他討厭在社交場合打扮得花枝招展只會「嘻嘻嘿嘿」假笑的小姐太太。他喜歡廖翠鳳的憨直、渾樸。

她照顧孩子，重實際、講衛生，到了夏天，就把三個女娃的頭髮剪得跟男孩子一樣短，對她們說：「這樣涼快些。」孩子大便不通，就讓她們吃大匙的蓖麻油，廈門話叫做「肚皮油」；家裡有了臭蟲，那可是大事，要除蟲、清潔，還要把被子搬出去曬。

林語堂感到很幸福。他寫道：「在婚姻裡尋覓浪漫情趣的人會永遠失望，不追求浪漫情趣而專心做良好而樂觀的伴侶的人卻會在無意中得之。」

當他們在上海時，留學歸來的陳錦端也在上海任教。有時她會到林語堂家裡來玩兒。她不是廖翠鳳的情敵，而是廖翠鳳的知己。美滿的婚姻，讓她充滿自信。

她和林語堂，都把陳錦端當作重要的客人，但她也會得意地對孩子們說，父親是愛過錦端姨的，但是嫁給他的，是說了那句歷史性的話——「沒有錢不要緊」的廖翠鳳。說著說著，她就開心地哈哈大笑。林語堂在一邊，有點不自在地微笑，臉色也有些漲紅。

她理解他，而不控制他。

即便他名動天下，她也堅信，他不會傳出緋聞。

一九三八年，林語堂的《生活的藝術》一書高居美國暢銷書排行榜第一名，而且持續了整整52個星期，它還譯成了十幾種文字，風行世界。越來越大的名氣，也給林語堂帶來越來越多的煩惱。

有一天，一個在上海時就認識林語堂夫婦的交際花，特意在廖翠鳳出門買菜的時候來拜訪，而且居然坐在林語堂的寫字檯上賣弄風情。等廖翠鳳買菜回來，她已經碰了一鼻子灰，不得不怏怏離去。

還有一次，當林家人在小河上划船，一名「林語堂迷」居然脫得精光，跟船游泳，讓他們一家人目瞪口呆。

也是在這本書裡，林語堂寫了他很多關於婚姻的體驗：

他寫道：「依我看來，不論哪一種文明，它的最後測驗，即是它能產生何種形式的夫妻父母。」

他講了一個故事，然後寫道：「等到亞當第四次走來說沒有了那個女伴不能生活時，上帝雖允了他的請求，但要他答應，以後絕不改變心腸，不論甘苦，以後和她永遠過下去，盡他倆的智力在這個世上共度生活。」

他寫道：「一個女人最美麗的時候，是在她立在搖籃面前的時候；最懇切最莊嚴的時候，是在她懷抱嬰兒或扶著四五歲小孩行走的時候。」

一九六六年，林語堂離美歸國，定居臺北。

在陽明山，他自己設計了一棟房子：白色圍牆中間，開著一扇紅色的大門。院子裡，有草木、有魚池。入戶，中間是客廳，左右分別是書房、臥室。一個大大的陽台，面對著青山。他在院子裡叼著菸鬥看魚，坐在陽臺上看山，心裡想：「如果可以養一隻鶴，多好。」

廖翠鳳操持家務多年，到了陽明山有了傭人。他們一起進城，吃海蠣煎、炒米粉。最妙的是人人都講閩南話。到永和去吃豬腳麵線，聽老闆講：「大郎做生日，囝仔長尾溜，來買豬腳麵線添福壽。」他們聽了，哈哈大笑。

林語堂喜歡在街上找小孩玩兒，有一次他到中山北路一家文具店，看店的是一個小孩子，一說錯話就臉紅。他就想：「非買這個孩子的文具不可。」他解釋：「人生在世，年事越長，心思計慮越繁，反乎自然的行為越多……大人不要失其赤子之心，應該留點溫情，使心窩處有個暖處。不然，此心一放，收不回來，就成牛山濯濯的老奸巨猾了。」

許多年前，他在上海寫過一篇文章，其中寫道：

「我要幾套不是名士派但亦不甚時髦的長褂，及兩雙稱腳的舊鞋子。居家時，我要能隨便閒散的自由。雖然不必效顧千里裸體讀經，但在熱度九十五以上之熱天，卻應許我在傭人面前露了臂膀，穿一短背心了事。我要我的傭人隨意自然，如我隨意自然一樣。我冬天要一個暖爐，夏天一個澆水浴房。

「我要一個可以依然故我不必拘牽的家庭。我要在樓下工作時，聽見樓上妻子言笑的聲音，而在樓上工作時，聽見樓下妻子言笑的聲音。我要未失赤子之心的兒女，能同我在雨中追跑，能像我一樣的喜歡澆水浴。我要一小塊園地，不要有遍鋪綠草，只要有泥土，可讓小孩搬磚弄瓦，澆花種菜，餵幾隻家禽。我要在清晨時，

聞見雄雞喔喔啼的聲音。我要房宅附近有幾棵參天的喬木。

「我要幾位知心友，不必拘守成法，肯向我盡情吐露他們的苦衷。談話起來，無拘無礙，柏拉圖與《品花寶鑑》念得一樣爛熟。幾位可與深談的友人。有癖好，有主張的人，同時能尊重我的癖好與我的主張，雖然這些也許相反。

「我要一位能做好的清湯，善燒青菜的好廚子。我要一位很老的老僕，非常佩服我，但是也不甚了了我所做的是什麼文章。

「我要一套好藏書，幾本明人小品，壁上一幀李香君畫像讓我供奉，案頭一盒雪茄，家中一位瞭解我的個性的夫人，能讓我自由做我的工作。酒卻與我無緣。

「我要院中幾棵竹樹，幾棵梅花。我要夏天多雨冬天爽亮的天氣，可以看見極藍的青天，如北平所見的一樣。

「我要有能做我自己的自由和敢做我自己的膽量。」

檢點了一下，他認為，這些願望，十有八九都已經實現了。

他覺得，很快樂，很幸福。

結婚五十年時，老兩口照照鏡子，發現面相已經極為相似。

80歲時，林語堂寫了一篇《八十自述》，其中，他寫道：

「對妻子極其忠實，因為妻子允許他在床上抽菸。他說：『這總是完美婚姻的特點。』對他三個女兒極好。他總以為他那些漂亮動人的女朋友，對他妻子比對他還親密。妻子對他表示佩服時，他也不吝於自我讚美，但不肯在自己的書前寫『獻給吾妻……』那未免顯得過於公開了。」

「婚姻生活，如渡大海。」他還對子女說：「風波是一定有的。婚姻是叫兩個個性不同、性別不同、興趣不同、本來要過兩種生活的人共過一種生活。女人的美不是在臉孔上，是在心靈上。等到你失敗了，而她還鼓勵你，你遭誣陷了，而她還相信你，那時她是真正美的。你看她教養督責兒女，看到她的犧牲、溫柔、諒解、操持、忍耐，那時，你要稱她為安琪兒，是可以的。」

一九七六年3月26日，林語堂在香港病逝。

之前，他住在女兒家中。那時他已經坐在了輪椅上，陳錦端的嫂子來做客，他從她那裡聽說陳錦端住在鼓浪嶼，高興地說：「你告訴她，我要去看她。」

女兒覺得，那一刻，他又成了個天真的青年人。

夫人說：「語堂，你不要發瘋，你不會走路，怎麼還想去廈門？」

六個月後，林語堂撒手人間，女兒林太乙想起白居易的《長恨歌》：「天長地

久有時盡，此恨綿綿無絕期。」

她覺得：「父親雖然如此隨和，在他心靈深處還有個我們碰不著的地方。那也許因為他是天才，天才要有天才伴，而我們僅是普通人。有時我們甚至感到我們的家庭快樂是他任導演創造出來的戲。他有時居然會說他感到寂寞，因為沒有人愛他，令我們聽了莫名其妙。他說過：『人的特徵是懷有追求理想的願望，住在這個現實的世界，夢想另一個世界。一個人的想像力越大，越難感到滿足。人類是全靠想像力才能進步的。』這是他由衷的話。」

但也就像林太乙所觀察的那樣，他是一個「現實主義的理想家」。比如，他曾經這樣說：「讓我和草木為友，和土壤相親，我便已覺得心滿意足。我的靈魂很舒服地在泥土裡蠕動，覺得很快樂。當一個人悠閒陶醉於土地上時，他的心靈似乎那麼輕鬆，好像是在天堂一般。事實上，他那六尺之軀，何嘗離開土壤一寸一分呢？」

所以，我們也絲毫不必懷疑，林語堂所感受過的家庭之樂。

家，就是他的塵世天堂。

附錄(二)．林語堂語錄

1、一個人心中有了那種接受最壞遭遇的準備，才能獲得真正的平靜。

2、智慧的價值，就是教人笑自己。

3、人生的大騙子不是兩個，而是三個：名、利、權。

4、文明可以改變愛情的方式，卻永遠不能扼殺愛情。

5、人生在世，還不是有時笑笑人家，有時給人家笑笑。

6、在藝術作品中，最富有意義的部分即是技巧以外的個性。

7、你只要說出你的真意，世界上似乎不會沒有與你同感的人。

8、要真正了解一個人，只要看他怎樣利用餘暇時光就可以了。

9、最合於享受人生的理想人物，就是一個熱誠的、悠閒的、無恐懼的人。

10、一個人徹悟的程度，恰等於他所受痛苦的深度。

11、生活所需的一切——不貴豪華，貴簡潔；不貴富麗，貴高雅；不貴昂貴，

貴合適。

12、金錢能使卑下的人身敗名裂，而使高尚的人膽壯心雄。

13、平淡而有奇思妙想足以應用之便可成天地間至文。

14、我們對於人生可以抱著比較輕快隨便的態度：我們不是這個塵世的永久房客，而是過路的旅客。

15、一般人不能領略這個塵世生活的樂趣，那是因為他們不深愛人生，把生活弄得平凡、刻板，而無聊。

16、一個學者是像一隻吐出所吃的食物以飼小鳥的老鷹；一個思想家則像一條蠶，他所吐的不是桑葉而是絲。

17、生活的智慧在於逐漸澄清濾除那些不重要的雜質，而保留最重要的部分——享受家庭、生活文化與自然的樂趣。

18、幸福：一是睡在家的床上。二是吃父母做的飯菜。三是聽愛人給你說情話。四是跟孩子做遊戲。

19、理想的人並不是完美的人，通常只是受人喜愛，並且通情達理的人，而我只是努力去接近於此罷了。

20、人生不過如此，且行且珍惜。自己永遠是自己的主角，不要總在別人的戲劇里充當著配角。

21、在這城市的春天，人心已經發霉，志向也已染了癆瘵，流水已充塞毒熱的微菌，柳絮也傳布腦膜炎的小機體。

22、蘇東坡是大事聰明，小事糊塗。但構成人生的往往是許多小事，大事則少而經久不見。

23、中國最崇高的理想，就是一個人不必逃避人類社會和人生，而本性仍能保持原有的快樂。

24、人生在世，幼時認為什麼都不懂，大學時以為什麼都懂，畢業後才知道什麼都不懂，中年又以為什麼都懂，到晚年才覺悟一切都不懂。

25、世上無人人必讀的書，只有在某時某地，某種環境，和生命中的某個時期必讀的書。我認為讀書和婚姻一樣，是命運註定的或陰陽註定的。

26、中國人得意時信儒教，失意時信道教、佛教，而在教義與已相背時，中國人會說，「人定勝天」。中國人的信仰危機在於，經常改變信仰。

27、沒有幽默滋潤的國民，其文化必日趨虛偽，生活必日趨欺詐，思想必日趨

迂腐，文學必日趨乾枯，而人的心靈必日趨頑固。

28、寫詩的目的並不在於寫出不朽的佳作。一個人寫詩只不過是為了記下一段有意義的時刻，或記下個人的情感以及幫助人們來享受自然。

29、藝術應該是一種諷刺文學，對我們麻木了的情感、死氣沉沉的思想，和不自然的生活下的一種警告。它教我們在矯飾的世界裡保持著樸實真摯。

30、我認為智慧是在於明確地知道自己不是什麼--例如，我們不是神--以及一種願意面對現實生活的態度。換言之，智慧包括：對生活的智慧和常識。

31、享受悠閒生活當然比享受奢侈生活便宜得多。要享受悠閒的生活只要一種藝術家的性情，在一種全然悠閒的情緒中，去消遣一個閒暇無事的下午。

32、作家的筆正如鞋匠的錐，越用越銳利，到後來竟可以尖如縫衣之針。但他的觀念的範圍則必日漸廣博，猶如一個人的登山觀景，爬得越高，所望見者越遠。

33、最懇切最莊嚴的時候是在她懷抱嬰兒或攙著四五歲小孩行走的時候；最快樂的時候則如我所看見的一幅西洋畫像中一般，是在擁抱一個嬰兒睡在枕上逗弄的時候。

34、一本古書使讀者在心靈上和長眠已久的古人如相面對，當他讀下去時，他便會想像到這位古作家是怎樣的形態和怎樣的一種人，孟子和大史家司馬遷都表示這個意見。

35、那些有能力的人、聰明的人、有野心的人、傲慢的人，同時，也就是最懦弱而糊塗的人，缺乏幽默家的勇氣、深刻和機巧。他們永遠在處理瑣碎的事情。他們並不知那些心思較曠達的幽默家更能應付偉大的事情。

36、古教堂、舊式家具、版子很老的字典以及古版的書籍，我們是喜歡的，但大多數的人忘卻了老年人的美。這種美是值得我們欣賞，在生活是十分需要。我以為古老的東西，圓滿的東西，飽經世變的東西才是最美的東西。

37、一個人如果抱著義務的意識去讀書，便不了解讀書的藝術。這種具有義務目的的讀書法，和一個參議員在演講之前閱讀文件和報告是相同的。這不是讀書，而是尋求業務上的報告和消息。

38、塵世是惟一的天堂。我們都相信人總是要死的，我認為這種感覺是好的。它使我們清醒，使我們悲哀，也使某些人感到一種詩意。它使我們能夠堅定意志，去想辦法過一種合理的真實的生活，它使我們心中感到平靜。一

個人心中有了那種接受最壞遭遇的準備，才能獲得真正的平靜。

39、讓我和草木為友，和土壤相親，我便已覺得心滿意足。我的靈魂很舒服地在泥土裡蠕動，覺得很快樂。當一個人優閒陶醉於土地上時，他的心靈似乎那麼輕鬆，好像是在天堂一般。事實上，他那六尺之軀，何嘗離開土壤一寸一分呢？

40、讀書使人得到一種優雅和風味，這就是讀書的整個目的，而只有抱著這種目的的讀書才可以叫做藝術。一人讀書的目的並不是要「改進心智」，因為當他開始想要改進心智的時候，一切讀書的樂趣便喪失淨盡了。

41、西湖的詩情畫意，非蘇東坡的詩思不足以極其妙；蘇東坡的詩思，非遇西湖的詩情畫意不足以盡其才。一個城市，能得詩人發現其生活上複雜的地方性，並不容易；而詩人能在寥寥四行詩句中表現此地的精粹、氣象、美麗，也頗不簡單。

42、偶爾他們的船駛過一個孤立的茅屋，只見那茅屋高高在上側身而立，背負青天，有時看見樵夫砍柴。看那茅屋孤零零立在那裡，足可證明居住的人必然是赤貧無疑，小屋頂僅僅蓋著木板，並無瓦片覆蓋。蘇東坡正在思索人生的勞苦，忽然瞥見一隻蒼鷹在天空盤旋得那麼悠然自在，似乎絲毫不為明天費一些心思，於是自己盤算，為了功名利祿而使文明的生活受到桎梏銬鐐的夾鎖，是否值得？在高空飄逸飛翔的蒼鷹正好是人類精神解脫後的象徵。

43、蘇東坡能夠到處快樂滿足，就是因為他持這種幽默的看法。後來他被貶謫到中國本土之外的瓊崖海島，當地無醫無藥，他告訴朋友說：「每念京師無數人喪生於醫師之手，予頗自慶幸。」

44、我喜歡春天，但是它太年輕；我喜歡夏天，可是它太驕傲。所以我最喜歡的還是秋天，因為秋天樹葉剛呈嫩黃，色調比較柔和，色彩比較豐富，又染有一絲的憂愁和不祥之兆。它金黃的多彩所要說的不是春天的純真，也不是夏天的威猛，而是老成的持重和慈祥的智慧。它知道生命的有限所以知足，因它既知道生命的有限，又閱歷甚豐，從而繪成了無與倫比的繽紛：綠色象徵生命和力量，橙色象徵稱心的滿足，而紫色象徵順從和死亡。月亮照耀著它，反映著月光，樹梢顯得蒼白，然而當落日撫著它，餘輝照亮著樹梢，它仍然可以嫣然歡笑。清晨的山風吹過，瑟縮的葉子愉快

地飛舞到地面。你不知道落葉的歌是歡笑的歌唱，還是訣別的哀吟。因為這就是初秋的精神，就是平靜、智慧與成熟的精神，能夠以微笑面對悲哀，能夠讚賞那使人清醒的冷風——這就是秋之精神。

45、我向來認為生命的目的是要真正享受人生，我們知道終必一死，終於會像燭光一樣熄滅是非常好的事。這使我們冷靜，而又有點憂鬱；不少人並因之使生命富於詩意。但最重要的是，我們雖然知道生命有限，仍能決心明智地誠實地生活。

國家圖書館出版品預行編目資料

林語堂幽默文集／林語堂 著，初版 --
新北市：新視野 New Vision，2022.05
面；　公分
ISBN 978-626-95484-9-1（平裝）

855　　111002448

林語堂幽默文集

林語堂　著

主　　編　林郁
出　　版　新視野 New Vision
製　　作　新潮社文化事業有限公司
電話：(02) 8666-5711
傳真：(02) 8666-5833
E-mail：service@xcsbook.com.tw

印前作業　菩薩蠻電腦科技有限公司
印刷作業　福霖印刷企業有限公司

總 經 銷　聯合發行股份有限公司
新北市新店區寶橋路 235 巷 6 弄 6 號 2 樓
電話：(02) 2917-8022
傳真：(02) 2915-6275

初　　版　2022 年 06 月